第七官界彷徨

尾崎翠

kawade bunko

河出書房新社

目次

第七官界彷徨

第七官界彷徨

よほど遠い過去のこと、秋から冬にかけての短い期間を、私は、変な家庭の一員としてすごした。そしてそのあいだに私はひとつの恋《こい》をしたようである。

この家庭では、北むきの女中部屋《べや》の住者であった私をもこめて、家族一同がそれぞれに勉強家で、みんな人生の一隅《いちぐう》に何かの貢献《こうけん》をしたいありさまに見えた。私の眼《め》には、みんなの勉強がそれぞれ有意義にみえたのである。私はすべてのものごとをそんな風に考えがちな年ごろであった。私はひどく赤いちぢれ毛をもった一人の痩《や》せた娘《むすめ》にすぎなくて、その家庭での表むきの使命はといえば、私が北むきの女中部屋の住者であったとおり、私はこの家庭の炊事係《すいじがかり》であったけれど、しかし私は人知れず次のような勉強の目的を抱《いだ》いていた。私はひとつ、人間の第七官にひびくような詩を書いてやりましょう。そして部厚なノオトが一冊たまった時には、ああ、そのときには、細かい字でいっぱい詩の詰《つ》まったこのノオトを書留小包につくり、誰《だれ》かいちばん第七官の発達した先生のところに郵便で送ろう。そうすれば先生は私の詩をみるだけで済むであろうし、私は私のちぢれ毛を先生の眼にさらさなくて済むであろう。(私は私の赤いちぢれ毛を人々にたいへん遠慮《えんりょ》に思っていたのである)

私の勉強の目的はこんな風であった。しかしこの目的は、私がただぼんやりとそう考えただけのことで、その上に私は、人間の第七官というのがどんな形のものかすこしも知らなかったのである。それで私が詩を書くのには、まず第七官というのの定義をみつけなければならない次第であった。これはなかなか迷いの多い仕事で、骨の折れた仕事なので、私の詩のノオトは絶えず空白がちであった。

私をこの家庭の炊事係に命じたのは小野一助で、それに非常に賛成したのはたぶん佐田三五郎であったろうと思う。なぜなら、佐田三五郎は私がこの家庭に来るまでの三週間をこの家庭の炊事係としてすごし、その三週間はいろいろの意味から彼《かれ》にとってずいぶん惨《みじ》めな月日で、彼は味噌汁《みそしる》をも焦《こ》がすほどの炊事ぶりをしたということであった。この家庭の家族は以上の二人のほかに小野二助と、それに私が加わり、私は合計四人分の炊事係であった。みなの姓名《せいめい》を挙げたついでに、私は私自身の姓名などについて言っておこう。私は小野一助と小野二助の妹にあたり、佐田三五郎の従妹《いとこ》にあたるもので、小野町子という姓名を与《あた》えられていたけれど、この姓名はたいへんな佳人《かじん》を聯想《れんそう》させるようにできているので、真面目《まじめ》に考えるとき私はいつも私の姓名にけむったい思いをさせられた。この姓名から一人の痩せた赤毛の娘を想像する人はないであろう。それで私は、もし私の部厚なノオトが詩でいっぱいになったときには、もうすこし私の詩か私自身かに近しい名前を一つ考えなければならないと思っていた。

私のバスケットは、私が炊事係の旅に旅だつ時私の祖母が買ってきたもので、祖母がこのバスケットに詰めた最初の品は、びなんかずらと桑《くわ》の根をきざんだ薬であった。私の祖母はこの二つの薬品を赤毛ちぢれ毛の特効品だと深く信じていたのである。

特効薬を詰め終ってまだ蓋《ふた》をしないバスケットに、私の祖母は深い吐《と》息《いき》をひとつ吹《ふ》きこみ、そして私にいった。

「びなんかずら七分に桑白皮《そうはくひ》三分。分量を忘れなさるな。土《ど》鍋《なべ》で根気よく煎《せん》じてな。半分につまったところを手ぬぐいに浸《ひた》して——いつもおばあさんがしてあげるとおりじゃ。固くしぼった熱いところでちぢれを伸《の》ばすのじゃ。毎朝わすれぬように癖《くせ》なおしをしてな。念をいれて、幾度《いくど》も手ぬぐいをしぼりなおしてな」

祖母の声がしめっぽくなるにつれて私は口笛《くちぶえ》を大きくしなければならなかっ

た。しかし私の口笛はあまり利目《ききめ》がなかったようである。祖母はもうひとつバスケットに吐息を吹きこみ、そして言った。

「ああ、お前さんは根が無精《ぶしょう》な生れつきじゃ。とても毎朝は頭の癖なおしをしてくれぬじゃろ。身だしなみもしてくれぬじゃろ。都の娘子衆《じょうししゅう》はハイカラで美しいということじゃ」

私は吹いている口笛がしぜんと細くなってゆくのをとどめることが出来なかった。私は台所に水をのみに立って、事実大きい茶碗《ちゃわん》に二杯《はい》の水をのみ、口笛の大きさを立てなおすことができた。

私がしばらく台所で大きい口笛を吹いて帰ってくると、祖母は泪《なみだ》を拭《ふ》きおさめて、一度バスケットにつめた美髪料《びはつりょう》をとりだし、二品の調合を一包みずつに割りあてているところであった。障子紙《しょうじがみ》を四角に切った大きい薬の包みを一つ一つ作ってゆきながら祖母は言った。――そうはいっても、都の娘子衆がどれほどハイカラで美しいとて人間は心ばえが第一で、むかしの神さまは頭のちぢれていた神さまほど心ばえがやさしかったというではないか。天照大神《あまてらすおおみかみ》さまもさぞかしちぢれたお髪《かみ》をもっていられたであろう。あにさんたちのいうことをよくきいて、三五郎とも仲よくくらして……そして私の祖母は私の美髪料の包みのなかに泪を注いだのである。

私のバスケットはそんな風でまだ新しすぎたので、それをさげた佐田三五郎の紺《こん》がすりの着物と羽織《はおり》を、かなり古びてみせた。三五郎は音楽受験生で、翌年の春に二度目の受験をするわけになっていたので、彼の後姿は私の眼にすこしうらぶれてみえた。しかし私は三五郎のこんな後姿を見ない以前から、すでに彼の苦しみに同感をよせていた。三五郎は国もとの私にいくたびか手紙をよこし、受験生のうらぶれた心もちを、ひどく拙《つたな》い字と文章とで書き送っていたのである。

三五郎と私が家に着いたとき、家のぐるりに生垣《いけがき》になっている蜜柑《みかん》の木に、さしわたし四分《しぶ》ばかりの蜜柑が葉と変りのないほどの色でつぶつぶとみのり、太陽にてらされていた。この時私ははじめて気がついた。私の手には蜜柑の網《あみ》袋《ぶくろ》がひとつ垂れていて、これは私が汽車のなかでたべのこした一袋の蜜柑を、知らないではだかのまま手に垂らして来たものである。それにつけても、この家の生垣は何と発育のおくれた蜜柑であろう。――後になってこの蜜柑は、驚《おどろ》くほど季節おくれの、皮膚《ひふ》にこぶをもった、種子《たね》の多い、さしわたし七分にすぎない、果物《くだもの》としてはいたって不出来な地蜜柑となった。すっぱい蜜柑であった。けれどこの蜜柑は、晩秋の夜に星あかりの下で美しくみえ、そして味はすっぱくとも佐田三五郎の恋の手だすけをする廻《めぐ》りあわせになった。三五郎はさしわたし七分にすぎないすっぱい蜜柑を半分たべ、半分を対手《あいて》にくれたのである。しかし三五郎の恋については、話の順序からいっても、私は後にゆずらなくてはならないであろう。

このような生垣にとり巻かれた中の家というのは、ひどく古びた平屋建《ひらやだて》で、入口に張られた三枚の名刺《めいし》が際《きわ》だって明るくみえるほどであった。小野一助、小野二助、佐田三五郎の三枚の名刺は、先に挙げた二枚だけが活字で、三五郎の分は厚紙に肉筆《にくひつ》で太く書いた名刺であった。「受験生とは淋《さび》しいものだ。一度受験して二度目にも受験しなければならぬ受験生はより淋しいものだ。こんな心もちは小野一助も、二助も、とっくに忘れているだろう。小野町子だけが解《わか》ってくれるだろう」と私に書き送った佐田三五郎は、彼自身の名刺の姓名だけでも筆太に書いて、彼の心を賑《にぎ》やかに保つつもりになったのであろう。

三五郎は玄関《げんかん》わきの窓から家のなかにはいり、じき玄関をあけてくれたので、私はじき名刺をながめることを止《よ》して三五郎の部屋にはいったが、しかしついでながらさっきの三五郎の手紙のつづきは次のようであった。

「こんな心もちを小野二助がとっくに忘れている証拠《しょうこ》には、彼は僕《ぼく》の部屋と廊《ろう》下《か》一つだけ隔《へだ》てた彼の部屋で、毎夜のようにこやしを煮《に》て鼻もちのならぬ臭気《しゅうき》を発散させるので、おれは二助の部屋からいちばん遠い地点にある女中部屋に避難《ひなん》しなければならぬ。こやしを煮ることがいかに二助の卒業論文のたねになるとはいえ、この臭気が実にたびたびの事なのだ。しかしそれは我慢《がまん》することにしても、女中部屋には電気がないので、宵《よい》から蒲団《ふとん》をだして寝《ね》てしまわなければならないし、用事のあるときは蠟燭《ろうそく》の灯《あかり》でやるほかはない。今夜もおれはこの手紙を女中部屋のたたみの上で書いているのだ。おれは悲しくなる。今夜は殊《こと》にこやしの臭《にお》いが強烈《きょうれつ》で、こやしの臭いは廊下をななめに横ぎって玄関に流れ、茶の間に流れ、台所をぬけて女中部屋に洩《も》れてくるのだ。おれは悲しくなって、こんな夜にはピアノをやけむちゃに弾《ひ》いてやりたくなるよ。

しかしそれも僕は我慢することにしても、女中部屋に先客のあるときはじつに困る。一助氏はふすま一重《ひとえ》で二助に隣《とな》りあっているので、たいていな臭気には馴《な》らされているようだが、それでもこやしの臭いの烈《はげ》しすぎる夜には、一助氏がすでに女中部屋に避難して、僕の蒲団のなかで、僕の蠟燭の灯で勉強をしているのだ。そして一助はろくろく本から眼《め》をはなしもせずおれに命じるには、

『なにか勉強があるのなら、蠟燭をもう一つつけて尻尾《しっぽ》の方にはいってはどうだい、どうもこやしをどっさり煮る臭いは勉強の妨《さまた》げになるものだからね。アンモニアが焦げると硫黄《いおう》の臭気に近づくようだ』

おれは女中部屋から引返し、おれの部屋の窓を二つとも開けはなしておいて銭湯に行く。それから夜店のバナナ売りを、みんな売れてしまうまで眺《なが》めているのだ。でなければ窓を二つとも開けはなした部屋に一助の蒲団を運んできて、なるたけ窓の方の空気を吸うように努めながら、口だけあいて声はださない音程練習をしてみるのだ。一助も二助も夜の音楽は我慢ができないから、音楽は昼間みんなのいないうちに勉強しておけというのだ。おれはいつになったら音楽学校にはいれるのだろう。自分ながら知らぬ。小野町子の予想を知らしてくれ。町子の書いてくれる考えはおれを元気にしてくれ。

二助はまだこやしを煮止めないから、今夜はもうひとつ大切なことを書こう。これはこのあいだから書こう書こうと思いながら書けないでいた大切なことなんだ。おれはいま、小野町子にだけ打ちあけたいことを持っている。そのつもりでいてほしい。じつはこうなんだ。

このあいだ、分教場の（おれが毎日の午後通っている音楽予備校は分教場という名前の学校なのだ）先生が、おれの音程練習をわらった。おれの半音の唱《うた》いかたが際どいといって、おれの耳に『プフン』ときこえたところの鼻音で、一つだけわらったんだ。おれは悲観して分教場を出たので、帰りにマドロスパイプのでかいやつを一本買ってしまった。この罪は、おれの気まぐれの罪ではなくて、おれの音程練習を怒《おこ》らずにわらった分教場の先生の罪だとおれは思うが、小野町子はどう思うか。人間というものは自己の失敗をわらわれるよりはむしろ怒鳴《どな》られた方が常に愉快《ゆかい》ではないか！　殊にわらいというものは短いほど対手《あいて》を悲観させるものではないか！

パイプ屋の店でおれのほしいと思ったマドロスパイプは、おれの想像の三倍にも高価だったので、おれは一助氏から預かっていた『ドッペル何とか』という本の金も、ほとんどパイプにとられてしまったわけだ。以来おれは一日のばしに丸善に寄るのをのばしている。それからおれは一助氏には、毎日丸善にお百度を踏《ふ》んでいて、丸善にはまだ『ドッペル何とか』が来ていないと言ってあるのだ。

おれはマドロスパイプをまだ一度もすってみないでピアノのうしろにしまっていたので、一助氏も二助氏もいない午前中に通りがかった屑屋《くずや》にパイプをみせたら、屑屋は三十銭という値をつけた。何ということだこれは。おれは屑屋をうらやましいと思ったり、三十銭で『ドッペル何とか』を買えたらなあと思ったりしたよ。そして最後に僕が願ったのは、小野町子が一日も早く僕のところにきて僕の窮境《きゆうきよう》を救ってくれることだ。もし旅立ちがおくれるようだったら、すぐお祖母《ばあ》さんから町子がもらって、それを僕に送ってくれ。『ドッペル何とか』は多分六円する。僕が一助氏から預かっていたのは六円であった」

この手紙が私の旅立ちを幾日か早めたことは事実である。しかしこれは三五郎の窮境を救うためではなかった。彼の消費は私の旅立つ前すでに補われていて、その補った金というのは、私の祖母が私の襦袢にポケットを縫《ぬ》いつけ、その中に入れてくれた金であった。祖母は言ったのである——都にゆけばじき冬になる。都の冬には新しいくびまきが要るであろう。いなかの店のくびまきは都の娘子衆のくびまきに見劣《みおと》りのすることは必定《ひつじょう》であろ。この金で好《す》いた柄《がら》のを買いなされ。一人で柄がわからんじゃったら三五郎に歩《あゆ》んでもらって、二人でとっくり品さだめをして、都の衆に劣らぬよい柄のを買いなされ。

襦袢のポケットの金は、丁度私に好都合であった。私はひそかにその紙幣《しへい》を五円一枚と一円とに替《か》え、そして三五郎のいってよこした定額を紙幣で三五郎への手紙に封《ふう》じた。それから四枚の一円をもとのポケットに入れ、ホックをかけておいた。祖母は私の襦袢のポケットにホックをもつけてくれたのである。私の祖母はホックというものはたいへん便利なものだといって、私の着古した夏の簡単服のホックをいくつか針箱《はりばこ》にしまっていた。

私の旅立ちを早めたのは、漠然《ばくぜん》としたひとつの気分であった。

三五郎は玄関わきの一坪《つぼ》半の広さをもった部屋に、ピアノと一緒《いっしょ》に住んでいた。ピアノはまことに古ぼけた品で、これがもし新築家屋の応接間などにあったら、りっぱな覆布をかけておかなければならなかったであろう。このピアノは家つきの品で、三五郎がこの古びた家屋と共に家主から借り受けているのだといった。ピアノの傍には一個の廻転椅子《かいてんいす》がそなわっていて、この方は天鵞絨《ビロード》の布よりもはみ出した綿の部分の方が多かった。三五郎はその椅子の上に一枚の風呂敷《ふろしき》をかけ、その上に腰《こし》をかけ、網袋の蜜柑をたべながら私に話した。私はバスケットの傍で聴《き》いていた。三五郎のうしろには蓋をあけたままのピアノがあって、その鍵《けん》の上には一本のマドロスパイプが灰をはたかないままで載《の》っていた。三五郎が話したことは——家つきピアノがあったためにこんな古ぼけた平屋を借りてしまったのだが、三週間住んでみて、こんな厄介《やっかい》な家はないと思って居る。小野二助と一緒に住む以上は、二階建でなくてはだめだ。ピアノがなくてもいいからもうすこしは新しい、二階に二室ある二階建をみつけて、二助と一助を二階に住まわせ、階下では僕と町子とで住もうではないか。（三五郎は蜜柑の皮をピアノの鍵の上におき、次の蜜柑をとった）二人で探せばじきすてきな家がみつかるよ。二助は勝手に二階でこやしを煮たらいいだろう。臭気というものは空に空に昇《のぼ》りたがるものだから、階下に住んでいる僕たちには関係なしだ。もし一助氏が階下に避難する夜には、こやしも試験管で煮るときにはそれほどでもないが、二助が大きい土鍋《どなべ》で煮だすとまったく我慢がならないからね。だから一助氏は当然、ときどきは階下に避難するさ。そしたら僕の部屋を一助に貸すから、僕は町子の部屋に避難しよう。二助たちと階上階下に別れて住むようになれば、僕も夜の音程練習を唱ってもいいしね。今の状態では、午後は分教場に行くし、夜は一助たちから練習を止められているし、まるで僕の勉強時間がないんだ。午前中は、一助氏と二助が出かけてしまうとばかに睡《ねむ》いだけだよ。何しろ毎朝はやく起きて朝飯を作るのは僕にきまっていたんだから。はじめの約束《やくそく》では、二助は、町子の来るまで炊事《すいじ》を手つだってやると言ってながら、一度だって手つだったためしがないんだ。卒業論文の研究で宵っぱりをするという口実の下《もと》に、二助くらい朝寝をする人間はいないね。その上しょっちゅう僕にこやしの汲《く》みだしを命じるくらいだ。ともかく今の状態では僕はまた失敗にきまっている。僕は二度とも音楽学校につづけて落っこちたくはない。だから二人でできるだけ早く二階家をみつけることにしよう。一助と二助のいない間にさっさと引越《ひっこ》しをして、それには引越しの荷車代がいるけど、町子は持っているだろう。いくらも掛《かか》りゃあしないんだ。東京に来たてというものは、誰のポケットにも多少の余裕《よゆう》はあるものだから、もちろん一助と二助には絶対にだまっていて断行するんだ。すっかり荷物をはこび、二階の設備が終ったところで、一助氏の病院と二助の学校とに速達をだしといてやればいいんだ。この家の玄関に移転さきを張りだしとくだけでもいい。彼等《かれら》はただ自分の部屋が一つあって、勉強だけ出来れば満足しているよ。飯《めし》でもよほど焦《こ》がさなければ文句はいわないほどだ。二助の試験管や苗床《なえどこ》や土鍋の類がとても厄介な荷物だが、それは僕と町子とが手ですこしずつ運ぶんだ、仕方がない。だからあまり遠くには越せないし、したがって引越し代はあまりかからないわけだ。

蜜柑の皮がいくつかピアノの上に並《なら》び、網袋の蜜柑がなくなったとき、三五郎はマドロスパイプを喫《す》いはじめた。そして新しい話題に移った。彼のマドロスパイプは手紙に書いてあったほど大きくなかった。――このあいだの金で僕はじつに安心した。すぐ丸善で例の本を買って一助氏にわたし、一助氏はいまその本を研究している。この本の『ドッペル何とか』という名前を日本語になおすと「分裂《ぶんれつ》心理学」というのだ。一助氏のつとめている病院は、この分裂心理というのをもった変態患者《かんじゃ》だけを入院させる病院で、医者たちはそれ等《ら》の患者を単一心理に還《かえ》すのを使命としている。こんな心理学の委《くわ》しいことは僕等にはわからないが、一助氏の勉強は二助のように家庭で実験をしないだけは助かる。それからあの金は月末におやじから送ってきたときに返す。

私はもうさっきからバスケットの蓋《ふた》をあけ、丹波《たんば》名産栗《くり》ようかんのたべのこしや、キャラメルなどをたべていた。もう午《ひる》すぎで、私は空腹であった。三五郎も私の手から栗ようかんをとって口に運び、また彼はバスケットの中から生《なま》ぼしのつるし柿をとりだして私にも分けてくれた。これは祖母が道中用に入れてくれた品で、私はこんな山国の匂《にお》いのゆたかなものを汽車のなかでたべることはすこし気がひけたので、たべたいのを忍《しの》んでいたつるし柿であった。

見うけたところ三五郎も空腹そうで、彼は煙《けむり》のたちのぼるマドロスパイプをピアノの上におき、椅子から下りてきて、しきりにバスケットの中を探しはじめた。けれど、三五郎はピアノを粗末《そまつ》に扱《あつか》いすぎないであろうか。このピアノの鍵はひと眼みただけで灰色とも褐色《かっしょく》ともいえる侘《わび》しい廃物《はいぶつ》いろではあったが、ピアノという楽器にはちがいないのである。この楽器の鍵の上には蜜柑の皮につづいて柿のたねがたくさん並び、柿のたねにつづいてパイプが煙を吐《は》いていた。

三五郎は私が浜松《はままつ》で買った四つの折をバスケットの外に取りだし、一つの封を切った。中には焦茶《こげちゃ》いろの小粒《こつぶ》のものがいちめんに詰まっていた。三五郎はつまんでたべてみて、

「ばかにからいものだね。うまくない。もっとうまいものはないのか」

私もはじめて浜松の浜納豆《はまなっとう》というものをたべてみた。たべてみた結果は三五郎とおなじ意見であった。浜納豆は小野一助が浜松駅で忘れずに買って来るよう私に命じたもので、彼の端書《はがき》は「数箱買求められ度《たく》、該品《がいひん》は小生好物なれば、浜松駅通過は昼間の方安全也《なり》と思惟《しい》す。夜間は夢中《むちゅう》通過の虞《おそれ》あり」と結んであった。

三五郎はついにバスケットのいちばん底にあった私の美髪料の包みをあけた。彼にきかれて私がその用途《ようと》を話したとき彼はいった。

「そんな手数はいらないだろう。今ではちぢれ毛の方が美人なんだよ。おかっぱにして焼鏝《やきごて》をあてた方がよくはないか」

私は襦袢の胸に手をいれ、かなり長くかかって襦袢のポケットから四枚の一円紙幣をだすことができた。そして三五郎にたのんだ。あの金は返してくれないで、これを足してくびまきを一つ買ってほしい。

「そうか。では預かっておく。合計十円のくびまきだね。もうじき月末には、いい柄のを買いにつれてってやるよ。しかし丁度腹がすいたから昼飯をたべに行こう。さっきからすいてるんだが、支度《したく》をするのは厄介だし、丁度金がなかったところだ。今月はパイプでひどいめに逢《あ》ったからね」

玄関をしめに行った三五郎は、私の草履《ぞうり》をとってきて窓から抛りだし、つづいて私を窓から抛りだした。

炊事係としての私の日常がはじまった。家庭では家族がそれぞれ朝飯の時間を異にしていたので、朝の食事の支度をした私は、その支度をがらんとした茶の間のまんなかに置き、いつ誰が起きても朝の食事のできるようにしておいた。それから私は私の住いである女中部屋にかえり、睡眠《すいみん》のたりないところを補ったり、睡眠のたりている日には床《とこ》のなかで詩の本をよみ耽《ふけ》る習慣であった。旅だつとき、私は、持っているかぎりの詩の本を蒲団包みのなかに入れたのである。しかしまことに僅かばかりの冊数で、私はそれだけの詩の本のあいだをぐるぐると循環《じゅんかん》し、幾度《いくど》でもおなじ詩の本を手にしなければならなかった。

毎朝時間のきまっているのは分裂心理病院につとめている一助だけで、あとはまちまちであった。二助は学校に出かける時間がちっとも一定しなかったが、毎朝きまって出かける十分前まで朝寝をし起きるなり制服に着かえ、洗顔、新聞、食事などの朝の用事を十分間ですますことができた。家庭に最後までのこるのは常に三五郎で、彼は午前中しか勉強時間がないといったに拘《かかわ》らず、午前中朝寝をした。そして彼が午に近い朝飯をたべるときは必ず女中部屋の私をよび、私といっしょに朝飯をたべることにしていた。

佐田三五郎が午後の音楽予備校に出かけた後が私の掃除《そうじ》時間であったが、この古ぼけた家の掃除に私はそう熱心になるわけにはいかなかった。殊に小野二助の部屋に対しては手の下《くだ》しようもないほどであった。二助は家中でいちばん広い部屋を占《し》め、その部屋は床の間つきであったが、半坪のひろさをもった床の間はいちめんの大根畠《だいこんばたけ》で、いろんな器に栽培《さいばい》された二十日《はつか》大根が、発育の順序にしたがって左から右に並べられ、この大根畠は真実の大根畠と変らない臭いがした。したがって二助の部屋ぜんたいに大根畠の臭いがこもっていた。しかしこの大根畠の上には代用光線の設備があって、夜になると七つの豆《まめ》電気が光線を送るしかけになっていた。

二助は特別に大きい古机をもっていて、ここもまた植物園をかねていた。古机の上には、紙屑《かみくず》、ノオト、鉛筆《えんぴつ》、書籍《しょせき》、小さい香水《こうすい》の罎《びん》などと共に、私の知らない蘚《こけ》のような植物が、いくつかの平べったい器の湿地《しっち》のうえに繁茂《はんも》し、この湿地もまたこみいった臭気を放っていたのである。

二助の部屋の乱雑さについて、私はいちいち述べるのが煩瑣《はんさ》である。たたみの上には新聞紙に積んだ肥料の山がいくつか散在し、そのあいだを罎につめた黄ろい液体のこやしが綴《つづ》っていた。三五郎の不満のたねとなっている例の土鍋は、日によって机の上、床の間、椅子の上などに移動し、ピンセット、鼻掃除の綿棒に似た綿棒、玩具のような鍬《くわ》、おなじくシャベル等の農具一式、写真器一個、顕微鏡《けんびきょう》一個、その他、その他。

この乱雑な百姓部屋《ひゃくしょうべや》を、どう私は掃除したらいいだろう。これは解決を超《こ》えた問題ではないか。一度私は床の間にはたきをかけようとして、いくつかの試験管をならべた台をひっくり返してしまった。私はこの百姓部屋を、普通《ふつう》の部屋なみに扱《あつか》いすぎたのだ。それ以来二助の部屋の掃除は品物のない部分につもっている塵《ちり》を手で拾っておくほか仕方がなかった。

私のひっくり返した一組の試験管には、黄ろい液体に根をおろした二つ葉の二十日大根が、たいへんな豊作で繁茂していた。二助は耕作者としてこんなに成功していたのに、私のはたきは、このひとうねの大根を根柢《こんてい》からひっくり返し、試験管をこなごなにし、黄ろいこやしは私の足にはねかかった。そしてこやしをはなれた二十日大根は、幾塊のつまみ菜《な》となってたたみの上に横《よこた》わった。

その日の夕方学校から帰ってきた二助を、私はつまみ菜の傍に案内しなければならなかった。日ごろの時間どりからいえば、私はもう夕飯の支度を終っている時刻であったが、この夕方の私は夕飯どころの沙汰《さた》ではなく、私の顔には泪《なみだ》のあとがのこっていた。二助の失望をどんな心で私はきいたことか。彼は「むうん」とひとこえ、地ひびきにも似たひくい歎声《たんせい》をもらしたのである。それから漸《ようや》く会話の音声をとりもどして彼は言った。

「この部屋にはたきを使っては、じつに困る。幸いこの試験管は、昨夜写真にうつしておいたから不幸中の幸いだ。（それから彼は私に背中をむけた姿勢で独語した）女の子はじつによく泣くものだ。女の子に泣かれると手もちぶさただ。なぐさめかたに困る。（それから彼はくるりと此方《こちら》を向いて）この菜っぱを今晩おしたしに作ってみろ。きっとうまいはずだ」

私は急にわらいだしそうになったので、いそいで三五郎の部屋に退いたが、ここでまた私の感情は一旋回《せんかい》した。私は丁度音楽予備校から帰ったばかりの三五郎の紺《こん》がすりの腕《うで》を泪でよごしてしまったのである。三五郎は新聞紙で私の鼻のあたりを拭《ふ》いたり、紺がすりの腕を拭いたりして、それから二助の部屋に行った。

廊下《ろうか》一つをへだてた二助の部屋では次のような問答があった。

「へえ、どうしたんだ、この菜っぱは」

「どうも女の子が泣きだすと困るよ。チョコレエト玉《だま》でも買ってきてみようか」

「チョコレエト玉もわるくはないが、早く夕飯にしたいな。おれはすっかり腹がすいている」

「おれも腹がすいてるんだが、チョコレエト玉は君の分じゃない。女の子にくれてみるんだ。君は早くこの菜っぱを集めて、おしたしに作ってみろ。おれの作った菜っぱはきっとうまいはずだ。こやしが十分に利いてるからね」

「しかし、こやしに脚《あし》を浸けていた菜っぱを――」

「歎《なげ》かわしいことだよ。君等にはつねに啓蒙《けいもう》がいるんだ。こやしほど神聖なものはないよ。その中でも人糞《じんぷん》はもっとも神聖なものだ。人糞と音楽の神聖さをくらべてみろ」

「音楽と人糞とくらべになるものか」

「みろ。人糞と音楽では――」

「そうじゃないんだ、音楽と人糞では――」

「トルストイだって言ってるんだぞ――音楽は劣情《れつじょう》をそそるものだ。そして彼は、こやしを畠にまいて百姓をしたんだぞ」

「ベエトオヴェンだって言ってるぞ――」

私はもうさっきから泪をおさめて二人の会話をきいていたが、やがて台所に退いた。


二助のとなりの一助の部屋はずっと閑素《かんそ》で、壁《かべ》のどてら一枚のほかには書籍と机のある、ありふれた書斎《しょさい》であった。ここでは安心して掃除することができ、また私はときどき私の詩集をよみ飽《あ》きたときには一助の部屋にきて、一助の研究している分裂心理というのを私も研究することにした。

「互《たが》いに抗争《こうそう》する二つの心理が、同時に同一人の意識内に存在する状態を分裂心理といい、この二心理は常に抗争し、相敵視するものなり」

私はそんな文章に対してずいぶん勝手な例をもってきて考えた。――これは一人の男が一度に二人の女を想《おも》っていることにちがいない。この男はA子もB子もおなじように愛しているのだが、A子とB子は男の心のなかで、いつも喧《けん》嘩《か》をしているのであろう。

こんな空想は私を楽しくしたので、私は次をよみつづけた。

「分裂心理には更《さら》に複雑なる一状態あり。即ち第一心理は患者の識閾《しきいき》上に在《あ》りて患者自身に自覚さるれども、第二心理は彼の識閾下に深く沈潜《ちんせん》して自覚さるることなし。而《しか》して自覚されたる第一心理と、自覚されざる第二心理もまた互いに抗争し敵視する性質を具有するものにして、識閾上下の抗争は患者に空漠《くうばく》たる苦悩《くのう》を与え、放置する時は自己《じこ》喪失《そうしつ》に陥《おちい》るに至るなり」

この一節もまた私の勝手な考えを楽しませた。――これは一人の女が一度に二人の男を想っていることにちがいない。けれどこの女はA助を愛していることだけ自覚して、B助を愛していることは自覚しないのであろう。それで入院しているのであろう。

こんな空想がちな研究は、人間の心理に対する私の眼界をひろくしてくれ、そして私は思った。こんな広々とした霧《きり》のかかった心理界が第七官の世界というものではないであろうか。それならば、私はもっともっと一助の勉強を勉強して、そして分裂心理学のようにこみいった、霧のかかった詩を書かなければならないであろう。

しかし私の詩集に私が書いているのは、二つのありふれた恋の詩であった。私はそれを私の恋人におくるつもりであったけれど、まだ女中部屋の机の抽斗《ひきだし》にしまっていた。私の机は佐田三五郎が四枚の紙幣の中から買ってきてくれた品であった。そして三五郎は粘土《ねんど》をこねて私の机の上に電気スタンドを作ってくれ、のこった粘土で彼のピアノの上におなじ型の電気スタンドを作った。そのために彼は音楽予備校を二日休み、粘土こねに熱中した。彼は女中部屋でその仕事をしたので、そのあいだ私は女中部屋で針金に糸をあみつけた不出来な電気《でんき》笠《がさ》を二つ作った。

佐田三五郎の感じかたには、すべてのものごとにいくらかの誇張《こちょう》があった。

小野二助がこやしを調合して煮る臭いはそれほど烈《はげ》しくはなかったし、三五郎が夜ピアノを止められているというのも当っていなかった。三五郎は早寝をしない夜はこやしがたまらないといって女中部屋に避難し、そうでない夜はピアノを鳴らしながらかなり大声で音程練習をした。それから受験に必要のないコミックオペラをうたい、ピアノを掻《か》きならした。けれど三五郎のピアノは何と哀《かな》しい音をたてるのであろう。年とったピアノは半音ばかりでできたような影《かげ》のうすい歌をうたい、丁度粘土のスタンドのあかりで詩をかいている私の哀感《あいかん》をそそった。そのとき二助の部屋からながれてくる淡《あわ》いこやしの臭いは、ピアノの哀しさをひとしお哀しくした。そして音楽と臭気とは私に思わせた。第七官というのは、二つ以上の感覚がかさなってよびおこすこの哀感ではないか。そして私は哀感をこめた詩をかいたのである。

けれど私は哀感だけを守っていたわけではなかった。三五郎がオペラをうたいだすと、私は詩集を抽斗にしまって三五郎の部屋に出かけ、二人でコミックオペラをうたった。二助が夜の音楽について注意するのは、コミックオペラの声の大きすぎる時だけであった。

「二人とも女中部屋に行ってやれ。そんな音楽は不潔だよ」

三五郎と私とがオペラの譜面《ふめん》とともに女中部屋に来ると、女中部屋では一助が避難していて、私の机で読書している。そして彼は私たちをみると彼の研究書をもって部屋へ帰ってゆく。そして三五郎と私とは、もはやコミックオペラをうたう意志はないのである。

「僕がしょっちゅう分教場の先生から嗤《わら》われるのはピアノのせいだよ。まったく古ピアノのせいだよ」

三五郎は大声でコミックオペラを発散させたのちの憂愁《ゆうしゅう》にしずみ、世にもしめやかな会話を欲しているのだ。私もおなじ憂愁にしずみ、しめやかな声で答えた。

「そうよ。まったくぼろピアノのせいよ」

「音程の狂《くる》った気ちがいピアノで音程練習をしていて、いつ音楽学校にはいれるのだ。勉強すればしただけ僕の音程は狂ってくるんだよ。勉強しないで恋をしている方がいいくらいだ」

「ピアノを鳴らさないことにしたら――」

「あればしぜん鳴らすよ。女の子が近くにいるのとおんなじだよ」

三五郎と私とはしばらく黙《だま》っていて、それからまた別な話題を話すのである。

「どうもあのピアノは縁喜《えんぎ》がわるいんだ。鳴らしてるとつい悲観してしまうようにできているよ。場末の活動写真にだってこんな憂鬱症《ゆううつしょう》のピアノはないからね。僕は一度調律師に見せてくれと家主に申しこんだら、家主は、とんでもない！　といったんだ。

こんなぼろピアノに一銭だって金をかける意志はありません！　屑屋も手をひいたピアノです！　あの音楽家にはほとほと手をやきましたよ！　あいつが一銭でも家賃をいれたためしがありますか！　その揚句が、やくざなピアノを残して逃《に》げだしてしまったのです！　捨てようにも運搬費《うんぱんひ》がかかるんでもとの場所においてある始末です！　あのピアノが不都合な音をだすとおっしゃるなら、いっさい鳴らさないで頂くほかはない！

僕はピアノの修繕《しゅうぜん》はあきらめて、屋根の穴だけはふさいでくれと頼《たの》んだんだ。ピアノを鳴らしていると、丁度僕の頸《くび》に雨の落ちてくるところに穴がひとつあいていたからね。

家主はさっそく来て屋根の穴をふさいで、それから生垣の蜜柑の熟《う》れ工合《ぐあい》をよくしらべていったよ。おそろしいけちんぼだ。

あのピアノは、きっと音楽学校に幾度も幾度もはいれなかった受験生が、僕の部屋に捨てておいたピアノだよ。その受験生は国で百姓をしているにちがいない。僕も国にいって百姓をしようと思うんだ」

私は鼻孔《びこう》からかなり長い尾《お》をひいた息をひとつ吐《は》き、ひそかに思った。三五郎が国で百姓をするようになったら、私も国で百姓をしよう。

「しかし悲観しない方がいいね。女の子に悲観されると、こっちも悲観するよ。百姓のはなしは、オペラのうたいすぎた時思うだけだよ。僕はもうコミックオペラをうたわないでまじめに勉強するよ。約束のしるしに、オペラの楽譜をみんな町子にやろう。一枚のこらずやってしまおう」

三五郎は彼の部屋にのこしている楽譜をも取ってきて、オペラの楽譜全部を私にくれた。私は楽譜を机の抽斗《ひきだし》の奥《おく》ふかくしまい、これで三五郎と私とは、怠《なま》けがちな過去の生活に大きいくぎりをつけた気がしたのである。

私は新しい希望が湧《わ》いたので三五郎にいった。

「ピアノの蓋《ふた》に錠《じょう》をかっておくといいわ。鍵《かぎ》は私が匿《かく》しとくから」

「鍵なんか家主だって持ってやしないよ。しかしもう大丈夫《だいじょうぶ》だ。僕はもう絶対にピアノは鳴らさない。僕はこれから一生懸命《いっしょうけんめい》健康な音楽練習をするんだ」

私が誰にも言わなかった一つのことがらを三五郎に打明けたのは、こんな夜のことであった。私は詩人になりたいというひそかな願いを三五郎に打明けたのである。三五郎はまるで私の予期しなかったほどの歓《よろこ》びを爆発《ばくはつ》させ、私のちぢれた頭を毬《まり》のように腕で巻き、更に私を抱《だ》きあげて天井《てんじょう》に向ってさしあげた。そして私たちは、詩と音楽とを一生懸命に勉強することを誓《ちか》い、コミックオペラのような不潔な音楽はうたわないことを約束した。

しかし三五郎と私の約束はじき破れた。私たちは幾たびかコミックオペラの合唱をくり返したのである。


月末に、三五郎はくびまきを買ってくれないで却《かえ》ってたちもの鋏《ばさみ》をひとつ私に買ってくれた。

私の祖母の予想ははずれなかったようである。私はバスケットの底の美髪料をまだ一度も使わなかった。それで私の頭髪は鳶《とび》いろにちぢれて額に垂れさがり、私はときどき頭をふって額の毛束《けたば》をうしろに追いやらなければならなかった。私の頭髪はいよいよ祖母の泪にあたいするありさまであった。そんなありさまも三五郎にたちもの鋏を思いつかせる原因になったのであろう。

その夜、三五郎は百貨店の包紙を一個私の部屋にはこんだ。彼は紙の中からたちもの鋏と、まっくろなボヘミアンネクタイとを取りだし、そして私に詫《わ》びた。

「くびまきは買えなかったから来月にしてくれないか。今日分教場の先生に嗤《わら》われてネクタイをひとつ買ってしまったんだ。先生に嗤われてみろ、きっと何か買いたくなるものだよ。あとで考えると役にたたないものでも、その場では買いたくなるものだよ。それあ僕はボヘミアンネクタイに合う洋服なんか持っていないさ。ただ先生に嗤われると、何か賑《にぎ》やかなやつを買いたくなるんだ。丁度百貨店のエレベーターでボヘミアンネクタイをさげたやつと乗りあわしたから、それで僕も買ったんだよ。くびまきはまだ急がないだろう」

私は三五郎の心理にいちいち賛成であった。まだくびまきのぜひ要る季節ではないし、私の行李《こうり》のなかには灰色をした毛糸のくびまきがひとつはいっていたのである。

「仕方がないからネクタイはこの部屋の飾《かざ》りにしよう」

三五郎は女中部屋の釘《くぎ》にボヘミアンネクタイをかけた。私の部屋にはいままで何ひとつ飾りがなかったので、まっくろなボヘミアンネクタイは思いつきのいい装飾品《そうしょくひん》となった。

「女の子の部屋には赤い方がよかったかも知れない。まあいいや、髪をきってやろう。赤いちぢれ毛はおかっぱに適したものだよ。うるさくなくて軽便《けいべん》だよ。きっと美人になるよ」

私はとんでもないことだと思った。そしてはじめて決心した。バスケットの美髪料は毎日使わなければならないし、髪も毎日結《ゆ》おう。

私は急に台所のこんろに火をおこし、美髪料の金だらいをかけた。

私がそのとき頭を解いたのは美髪料でちぢれをのばすためであったにも拘らず、三五郎はそのとき東西文化の交流という理論を私に教えて、ついに私から髪をきる納得《なっとく》を得てしまった。その理論というのは、東洋の法被《はっぴ》が西洋にわたって洋服の上衣《うわぎ》になったり、西洋の断髪が東洋にきておかっぱになったりするのは、船や飛行機のせいで、これは時代の勢いだから仕方がないという理論であった。そして三五郎はつけ加えた。かずらの薬でちぢれ毛をのばすのは祖母の時代のこのみで、孫たちは祖母のこのみをそのまま守っているわけにはいかないのである。

三五郎はこの理論を教えこむためにかなり時間をとったので、話の中途で台所からものの焦《こ》げる匂《にお》いがしてきた。金だらいの美髪料がみんな発《た》ってしまったのである。金だらいに水をかけながら私は髪をきってしまおうと思った。

しかし、三五郎が机の上に立てかけた立鏡を私はみたくもなかったので、私は眼をつぶっていた。

「痩《や》せた女の子にはボオイスアップという型がいいんだ」

私は何も答えなかった。私の思ったのはおばあさんはどうしているであろうということであった。

最初のひとはさみで、厚い鋏の音が咽喉《のど》の底にひびいたとき、私は眼をひとしお固くし、心臓のうごきが止《や》みそうであった。私の顔面は一度蒼《あお》くなり、その次に真赤《まつか》になった感じであった。

「はなを啜《すす》るんじゃない」

三五郎はうつむきがちになってゆく私の上半身を幾度か矯《た》めなおし、このとんでもない仕事に熱中している様子であった。私はつぶった眼から頤《あご》にかけて泪をながし、ずいぶん長い時間を、泪を拭《ふ》くこともならなかった。

左の耳の側《そば》で鋏が最後の音を終ると同時に私はとび上り、丁度灯を消してあった三五郎の部屋ににげ込んだ。私の頸は急に寒く、私は全身素裸《すはだか》にされたのと違《ちが》わない気もちで、こんな寒くなってしまった頸を、私は、暗い部屋のほかに置きどころもなかったのである。――私の頸を、寒い風がいくらでも吹きぬけた。

「おばあさんが泣く」三五郎の部屋のくらがりで、私はまことに祖母の心になって泣いたのである。「おばあさんが泣く」

二助が部屋からでてきて、丁度廊下にやってきた三五郎にきいた。

「どうしたんだ」

「おかっぱにしてやったんだけど、いきなり逃げだしたんだ。まだ途中だし困ってしまうよ」

「よけいなもの数奇《ずき》をするからだよ。ともかくあかりをつけてみろ」

三五郎が電気をつけた。私はピアノの脚部《きやくぶ》の隅《すみ》っこに頸をかくしていた。

「みてやるから、よく見えるところに出てごらん」と二助がいった。彼は制服の上にしみだらけの白い上っぱりを着て、香水《こうすい》の匂いをさせていた。彼はこやしをいじりながらときどき香水の罎《びん》を鼻にあてる習慣であった。

二助は私の頭の周囲を一廻《ひとまわ》りした後、

「平気だよ。丁度いいくらいだ。女の子の頭はさっぱりした方がいいんだよ。

そんなに泣くものじゃない」

そして二助は香水の罎から私の頭に香水をたっぷり振《ふ》りかけてくれた。

一助もいつしか部屋の入口に立っていて、彼も私の頭について一つの意見をのべた。

「おかっぱはあまりいいものじゃないよ。しかしじき伸《の》びるだろう。すこしのあいだ我慢しなさい」

そして彼は部屋に帰っていった。

二助は私のうしろに立っていて三五郎に命じた。

「この辺の虎刈《とらが》りをすこし直してやったらいいだろう。この部屋では電気が暗いから、僕の部屋でやったらいいだろう」

二助の部屋では、かなりの臭気がこもっていたけれど、部屋のまんなかに明るい電気が下っていて、頭の刈りなおしに適していた。二助はその上に大根畠の人工光線をもつけ、新聞紙の肥料の山を二つほど動かし、その跡《あと》に土鍋《どなべ》のかかった火鉢《ひばち》を押しやった。これはみんな二助が三五郎に腕前をふるわせるための設備で、彼は虎刈りはみっともないということを二度ばかり呟《つぶや》いた。私の頸にはよほど眼につくだんだらがついていたのであろう。

三五郎は部屋のまんなかに私を坐《すわ》らせ、丁度電気の真下で刈込みをつづけることになった。二助は上っぱりのポケットから垂れていたタオルをはずして私の肩を巻き、香水の罎を私の横において三五郎にいった。

「今夜はすこし臭くなるつもりだから、ときどき香水を当てたらいいだろう。女の子にもときどき当ててやれ」

三五郎は私の頸に櫛《くし》を逆にあて、鋏の音をたてた。彼は折々臭気を払《はら》うために鋭《するど》い鼻息を吐き、それは一脈の寒い風となって私の頸にとどいた。しかし私はもう泣いていなかった。ひととおり泣いたあとは心が凪《な》ぎ、体は程《ほど》よく草臥《くたび》れていたのである。ただ私の身辺はいろんな匂いでかためられていて、肩のタオル、私の頭から遠慮《えんりょ》もなく降りてくるゆたかな香水の香、部屋をこめている空気などが私を睡《ねむ》らせなかった。

二助は土鍋をかき廻し、試験管を酒精ランプにかざし、土鍋の粉に肥料を加え、また罎のこやしを加え、団扇《うちわ》でさましたこやしを蘚《こけ》の湿地《しっち》に撒《ま》き、顕微鏡《けんびきょう》をのぞき、そしてノオトに書き、じつに多忙《たぼう》であった。

睡りに陥《おちい》りそうになると私は深い呼吸をした。こみ入った空気を鼻から深く吸いいれることによってすこしのあいだ醒《さ》め、ふたたび深い息を吸った。そうしてるうちに、私は、霧のようなひとつの世界に住んでいたのである。そこでは私の感官がばらばらにはたらいたり、一つに溶《と》けあったり、またほぐれたりして、とりとめのない機能をつづけた。二助は丁度、鼻掃除器に似た綿棒でしきりに蘚の上を撫《な》でているところであったが、彼の上っぱりは雲のかたちにかすみ、その雲は私がいままでにみたいろんなかたちの雲に変った。土鍋の液が、ふす、ふす、と次第に濃《こ》く煮《に》えてゆく音は、祖母がおはぎのあんこを煮る音と変らなかったので、私は六つか七つの子供にかえり、私は祖母のたもとにつかまって鍋のなかのあんこをみつめていたのである。——丁度二助がそばにやってきたので、私はつとめて眼をあけた。二助は私の肩のタオルを彼の手ふきにも使うために来たので、彼は熱心に手を拭《ふ》いたのち、さっさと行ってしまった。二助が机のそばに行ってしまうと、私の眼には机の上の蘚の湿地が森林の大きさにひろがった。二助はふたたび綿棒をとって森林の上を撫で、箒《ほうき》の大きさにひろがった綿棒をノオトの上にはたいた。

それから二助が何をしたのかを私は知らない——私の眼には何もなく、耳にだけあんこの噴《ふ》く音が来たのである。私が次に眼をあいたのは三五郎の不注意から私の頸に冷たいたちもの鋏が触《ふ》れたためで、そのとき二助はしきりに顕微鏡をのぞいていた。

「蘚の花粉というものは、どんなかたちをしたものであろう」私は心理作用を遠くに行かせないために、努めて学問上のむずかしいことを考えてみようとした。「でんでん虫の角のかたちであろうか」しかしじき心は遠くに逃げてしまい、私の耳は、二助のペンの音だけを際だって鮮《あざや》かにきいた。

「うつむきすぎては困る。また泣きだすのか」

三五郎の両手が背後から私の両頬《りょうほお》を圧《お》した。それはだんだん前屈《まえかが》みになってゆく私の姿勢をなおすためであったが、彼の右手はたちもの鋏を置かないままだったので、鋏のつめたい幅《はば》がぴたりと私の頬を圧し、鋏の穂《ほ》は私の左の眼にたいへんな刃物《はもの》にみえてしまった。私はたちまち立ちあがり、二助のそばに行った。しかし二助のそばに立ったときもう私は睡くなっていた。私はただ睡いのである。それで、中腰《ちゅうごし》になって顕微鏡をのぞきながらノオトを書きつづけている二助の背中に睡りかかった。二助は姿勢を崩《くず》さないで勉強をつづけた。

「どうしたんだ。我儘《わがまま》は困る」と三五郎が言った。「すこしだけだんだらが残っているんだ。あと五分だけ我慢しろ」

「睡いんだね。夢《ゆめ》でもみたんだろう」二助はやはりペンの音をたてながら言った。「すこしくらいの虎刈りは、明後日になれば消えるよ。ともかくおれの背中からとってくれなければ不便だ。伴《つ》れてって寝かしてやったらいいだろう」

私は二助の背中から彼の足もとに移り、たたみに置いた両腕に顔をふせてただ睡ってしまいそうであった。

「もう一つだけだんだらを消せば済むんだ。消してしまおう」

三五郎はそのために二助の足もとにきた。

私はそれきり時間の長さを知らなかったが、そのうち三五郎の手で女中部屋に運ばれた。つめたい部屋に運ばれた時に、私はすっかり睡気からさめた。

三五郎はすでに寝床としてのべてあった掛蒲団《かけぶとん》のうえに私を坐らせ、彼自身は私の机に腰をかけていて言った。彼は組んだ脚《あし》の上に一本の肱《ひじ》をつき、そのてのひらに顔をのせていたので、抑《おさ》えつけられた唇《くちびる》から無精な発音がでた。

「さっぱりした頭になったよ。重そうでなくて丁度いい。頸の辺はむしろ可愛《かわい》いくらいだよ。明日は一助氏の鏡をもってきて、二つの鏡で頸を映してみせてやろう。おやすみ」

三五郎は机から立ちあがり、また腰を下し、前とおなじ姿勢をとり、そして前とおなじ発音で言った。

「今夜はたぶん徹夜《てつや》だよ。二助がこやしを二罎ほど汲《く》みだせと命じているし、二助の蘚《こけ》が今晩から恋をはじめたんだ。おれは徹夜で二助の助手をさせられるにちがいない。おやすみ」

しかし、三五郎はやはりてのひらに顔をのせていて、立ちあがろうとはしなかった。

しばらくだまっていたのちに、三五郎は頬杖《ほおづえ》を解いて腕ぐみになおし、腕の環《わ》に向って次のようなとりとめのないことを言ったのである。

「こんな晩には、あれだね、あのう、植物の恋の助手では、あれなんだよ。つまり、つまらないんだよ。しかし、あのう、じつはこうなんだ。蘚の恋愛《れんあい》って、変なものだね。おやすみ」

彼はいきなり私の頸に接吻《せっぷん》をひとつした。それから私を抱《だ》いたまま机に腰をかけ、私の耳にいった。

「泣くんじゃないよ。今晩二助は非常に忙しいし、二助くらい女の子に泣かれるのを怖《おそ》れている人間はいないからね。二助は泣いてばかしいる女の子に失恋したことがあるんだ。それ以来二助は植物の恋愛ばかし研究しているし、女の子に泣かれるのは大きらいなんだ。今晩も町子に香水をかけてくれたり、タオルをかけてくれたりしたろう。二助は女の子には絶対に泣かれたくないんだよ。だから泣くんじゃない」

私は泣きだしそうではなかったので、三五郎の胸のなかでうなずいた。

「しかし、女の子というものは、こんな晩には、あとで一人になってから、いつまでも泣いてるものではないのか。（私は三五郎の胸のなかで頭をふった。私はあとで泣きそうな不安を感じなかったのである）ならいいけど、もし泣きだされると、二助はきっと恐怖《きょうふ》して、どうしたんだときくからね。きかれたって僕は訳をはなしたくない。こんなことがらの訳は、一助氏にも二助にも話さないでおいた方が楽しいにきまっているだろう」

私は三五郎の胸のなかでうなずいた。それで三五郎は私の耳からすこし遠ざかった。

「なんしろ二助は今晩蘚の恋愛の研究を、一鉢《ひとはち》分仕上げかかっているんだ。二助の机の上では、今晩蘚が恋をはじめたんだよ。知ってるだろう、机のいちばん右っ側の鉢。あの鉢には、いつも熱いくらいのこやしをやって二助が育てていたんだ。熱いこやしの方が利くんだね、今晩にわかにあの鉢が花粉をどっさりつけてしまったんだ。蘚に恋をはじめられると、つい、あれなんだ、つまり——まあいいや、今晩はともかくそんな晩なんだ。僕は蘚の花粉をだいぶ吸ってしまったからね。

ともかくいちばん熱いこやしが、いちばん早く蘚の恋情をそそることを二助は発見したんだ。熱くないこやしと、ぬるいこやしと、つめたいこやしとをもらっているあとの三つの鉢は、まだなかなか恋をする様子がないと二助は言っていたよ。町子は二助の論文をよんだことがあるか。（この問いに対して、私は、かすかに、自信のない頭のふりかたで答えた）そうか。しかし僕は町子も一度よんでみた方がいいと思う。二助の机の上にノオトが二つあるだろう。一つが二十日大根の論文で一つが蘚の論文なんだ。二十日大根の方は序文がおもしろいだけで、本論の方はそうおもしろくない。蘚の方はとてもおもしろいから僕はときどき読むことにしてあるんだ。植物の恋愛がかえって人間を啓発《けいはつ》してくれるよ。二助氏は卒業論文に於てはなかなか浪漫《ローマン》派なんだ。ただ僕にしょっちゅうこやしの汲みだしを命じるから困る。汲みだしといえば僕なんだ。仕方がないから僕は垣根のすっぱい蜜柑をつづけさまに二つもたべてから汲みだしをやるんだ」

しかし、私はさっき三五郎の胸のなかで嘘《うそ》をひとつ言った。私は、もう以前から二助の論文のノオトを二つとも読んでいたのである。「荒野山裾《すそ》野の土壌《どじょう》利用法について」というのが二十日大根の方の研究で、その序文は二助の抒情《じょじょう》詩《し》のようなものであった故に私の心を惹《ひ》き、「肥料の熱度による植物の恋情の変化」（これが蘚の研究であった）は、私のひそかな愛読書となっていた。

けれど私はそれ等《ら》の論文をよんだことを、何となく三五郎に打ちあけてしまうことができなかった。蘚の論文は、丁度、よんだことを黙っていたい性質の文献《ぶんけん》で、「植物ノ恋情ハ肥料ノ熱度ニヨリテ人工的ニ触発《しょくはつ》セシメ得ルモノニシテ」とか「斯《か》クテ植物中最モ冷淡《れいたん》ナル風丰《ふうぼう》ヲ有スル蘚ト雖《いえど》モ遂《つい》ニソノ恋情ヲ発《はっ》揮《き》シ」とか、「コノ沃土《よくど》ニ於《お》ケル蘚ノ生殖《せいしょく》状態ハ」などという箇処《かしょ》によって全文が綴《つづ》られていたのである。

二十日大根の序文は、これはまったく二助の失恋から生れた一篇《いっぺん》の抒情詩で、「我ハ曾《かつ》テ一人ノ殊《こと》ニ可憐《かれん》ナル少女ニ眷恋《けんれん》シタルコトアリ」という告白からはじまっていた。「噫《ああ》マコトニ泪《なみだ》多キ少女ナリキ。余ノ如何《いか》ナル表情ニ対スルモ常ニ泪ヲ以《もっ》テ応エ、泪ノホカノ表情ニテ余ニ接シタルコトアラズ。哀シカラズヤ、余ハ少女ノ泪ヲ以テ、少女ガ余ニ対スル情操《じょうそう》ノ眼瞼《まぶた》ヨリ溢《あふ》ルルモノト解シタルナリ。サレド少女ニハ一人ノ深ク想《おも》エル人間アリテ、ソハ余ノホカノ青年ナリキ。而《しこ》ウシテ少女ノ泪ハ、少女ガ余ノ悲恋《ひれん》ヲ悲シム泪ナリキ。余ハ少女ノ斯《かか》ル泪ヲ好マズ。乃《すなわ》チ漂然《ひょうぜん》トシテ旅ニ出《い》ヅ。

余ハ荒野山三合目ノ侘《わび》シキ寺院ニ寄寓《きぐう》シ、怏々《おうおう》トシテ楽《たのし》マズ。加ウルニ山寺ノ精進料理《しょうじん》トイウモノハ実ニ不味ニシテ、体重ノ衰《おとろ》ウルコト二貫匁《かんめ》ニ及《およ》ビタリ。

一日麓《ふもと》ノ村ヨリ遥々《はるばる》余ニ面会ヲ求メ来レル一老人アリ。彼ハ荒野村ノ前々村長トカニテ、彼ハ白面《はくめん》ノ余ヲ途方《とほう》モナキ学究ト誤認シ、フトコロヨリ一個ノ袋ヲ取リ出ダシテ余ノ面前ニオキ、礼ヲ厚クシテ余ニ一ツノ懇願《こんがん》ヲ提出セリ。袋ノ中味ハ黄色ッポイ土ニシテ、老人曰《いわ》ク、コハ荒野山裾野ノ荒蕪地《こうぶち》ナリ。貴下《きか》ハ肥料学御専攻《ごせんこう》ノ篤学者《とくがくしゃ》ニアラセラルル由《よし》、何卒《なにとぞ》貴下ノ御見識ニテ裾野一帯ノ荒蕪地ヲ沃土ト化サシメ給エ。ワガ裾野一帯ハ父祖ノ昔《むかし》ヨリ広漠《こうばく》タル痩土《そうど》ニシテ、桑《くわ》ハ固《もと》ヨリ、大根モ牛蒡《ごぼう》モ稗《ひえ》モ実ラヌ荒蕪ノ地ナリ。先年村民合議ニヨリ、先《ま》ズ稗ノ種子ヲ撒《ま》キテ稗ヲ実ラセ、実リタル稗ニ烏雀《うじやく》ノ類ヲヨビヨセ、烏雀ノ残シユク糞《ふん》ニテ荒野ヲ沃土ト化サム決議イタシ、第一着手トシテ稗ノ種子幾石《いくこく》ヲ撒キタレド、アア、稗ノ芽モ出ネバ烏雀ノ類モ集ラズ、稗ノ種子幾石ハ空《むな》シク痩土ニ委《まか》シタル次第ナリ。モシ貴下御専攻ノオ力ニヨリテ、ヨキ肥料御教示ヲ給《たま》ワランニハ、ワガ歓《よろこ》ビ如何《いか》バカリナラン。村民共ノ歓喜、アア、如何バカリニ候《そうら》ワン。ヨキ智恵《ちえ》ヲ垂レ給《たま》エ。猶願《なおねがわ》クバ村民一同ニ一場《いちじょう》ノ御講演ヲモ給ワリタク、御研究ニテ御多忙ノ折カラ、万一御承諾《ごしょうだく》ヲ得タラムニハ、老人コレヨリ馳《は》セ帰リテ村内ニフレ廻リ、折返シ迎《むか》エノ若者ヲモ差シツカワシ申スベシ。枉《ま》ゲテ御承諾ヲ給エ。

余ハ茫然《ぼうぜん》トシテ、老人ノ紋《もん》ツキ羽織ニ見トルルコトシバラクナリキ。

ソノ日、余ハ宵闇《よいやみ》ニマギレテ侘シキ山寺ヲ出発セリ。住職ハ余ノ村人ニ発見サルルヲ気ヅカイテ、余ニ隠簑《かくれみの》ノ如《ごと》キ一枚ノ藁《わら》製ノ外套《がいとう》ヲ貸与ス。余ハコノ外套ヲ頭ヨリ被《かぶ》リテ村ヲ抜《ぬ》ケ、村ハズレノ柿《かき》ノ木ニ尊キ外套ヲ懸《か》ケオキタリ。

余ガ東京ノ下宿ニ着キタル時ハ、恰《あたか》モ小野一助ガ彼ノ下宿ヨリ来リテ余ヲ待チタル時ニ相当シ、一助ハ余ニ一週間ノ入院ヲ強請《きようせい》セリ。余ハ憤然《ふんぜん》トシテぽけっとヨリ土袋ヲ取リイダシ、荒蕪地ヲ沃土ニ変エム決心ヲ為《な》シタリ。余ハ仮令《たとい》失恋シタリトハイエ、分裂病院ニ入院スル必要ヲ毫《ごう》モ認メザルナリ。

其後《そのご》一助ハ佐田三五郎ニ命ジテ、廃屋《はいおく》ニモ等シキ一個ノ家ヲ借リウケ、一助、余、三五郎ハ、各々《おのおの》下宿生活ヲ解キテ廃屋ノ住者トナル。余ハワガ居室ノ床ノ間ヲ大根畠ニ仕立テ、荒野山麓ノ痩土ニ種種ノ肥料ヲ加エテ二十日大根ノ栽培ニ努ム。ソノ過程ハ本論ニ於《おい》テ述ベムトス。序論終リ」

さて、私は二助の論文のことでいくらか時間をとってしまったけれど、私はここでもとの女中部屋の風景に還《かえ》らなければならないであろう。

女中部屋の机の上では、やはり三五郎と私とがいて、三五郎の膝《ひざ》の上での私の心理は、私がすでに二助の抒情詩をよんだことと、そして蘚の論文をもよんでいたことを、三五郎にだまっていたい心理であった。これはまことに若い女の子が祖母や兄や従兄《いとこ》に対して持ちたがる心理で、私はすでに蘚の花粉なぞの知識を持っていたことをやはり自分一人のひそかな知識としておいて、三五郎には蔽《おお》っておきたかったのである。

二助の部屋の臭いが廊下にながれ、茶の間を横ぎり、台所にきて、それから女中部屋の私たちを薄《うす》く包んだ。しずかな晩であった。

三五郎はしずかな声でいった。

「しかし、垣根の蜜柑もいくらかうまくなったよ。おやすみ」

三五郎はふたたび私に接吻した。それから私を掛蒲団の上におき二助の部屋に出かけた。

これは私が炊事係になって以来はじめての接吻であった。しかし私は机に肱をつき、いまは嘘のように軽くなってしまった私の頸を両手で抱《かか》え、そして私は接吻というものについて考えたのである。――接吻というものは、こんなに、空気を吸うほどにあたりまえな気もちしかしないものであろうか。ほんとの接吻というものはこんなものではなくて、あとでも何か鮮かな、たのしかったり苦しかったりする気もちをのこすものではないであろうか。

三五郎と私との接吻は、十四の三五郎が十一の私に与えた接吻とあまり変りのないものであった。十四の三五郎と十一の私とは、祖母が檐下《のきした》に干《ほ》していた一聯《いちれん》のつるし柿をほしかったので、三五郎は私を肩ぐるまにのせ、私が手をのばしてうまくつるし柿を取ることができた。そのとき三五郎は胸いっぱいにつるし柿を抱えている私を地上におろし、歓喜のあまり私に接吻をしたのである。それから十七の三五郎が祖母の眼の前で十四の私に接吻をしたとき、祖母はいった。ああ、仲のよい兄妹じゃ、いつまでもこのように仲よくしなされ。——三五郎と私とは、幼いころからいったいにこんな接吻の習慣をもっていたのである。

私たちの家族が隣人《りんじん》をもったのは、佐田三五郎が私の髪《かみ》をきってしまった翌日のことであった。その朝、私はまず哀愁《あいしゅう》とともに眼をさました。台所から女中部屋にかけて美髪料を焦《こ》がした匂いが薄くのこり、そして私を哀愁にさそったのである。もし祖母がいたならば、祖母は私のさむざむとした頸に尽《つ》きぬ泪をそそいだであろう。そして祖母は頭髪をのばす霊薬《れいやく》をさがし求め、日に十度その煎薬《せんやく》で私の頭を包むであろう。

私は祖母の心を忘れるために朝の口笛《くちぶえ》が必要であった。口笛を吹き吹き、私は釘から一枚の野菜風呂敷《ふろしき》をはずし、机の上の立鏡に向って頭を何でもない風にかくす工夫《くふう》をめぐらした。しかし、私の口笛は心の愉《たの》しいしるしとして三五郎の耳にとどいたようである。三五郎は彼の部屋から私のコミックオペラに朝の伴奏《ばんそう》を送ってよこした。彼はもともと侘《わび》しい音程をもった彼のピアノをなるたけ晴れやかにひびかせるために音程の狂った箇処《かしょ》を彼自身の声楽で補った。この伴奏のために私達の音楽はいつもよりずっと愉しそうな音《ね》いろを帯び、そして意外な反響《はんきょう》を惹きおこした、小野二助の部屋から、二助自身の声楽が起ったのである。二助は私達といっしょになって早朝のコミックオペラをうたいだした。これはまことに思いもかけない出来ごとで、私が二助の音楽を聴いたのはこの朝が最初であった。しかし、私は、なんという楽才の兄を持っていたことであろう。私は口笛をやめ、野菜風呂敷を安全ピンで頭に止めようとしていた作業をやめて二助の声に耳をかたむけないわけに行かなかった。二助のコミックオペラは家つきの古ピアノの幾倍にも侘しく音程が狂い、葬送曲《そうそうきょく》にも似た哀《かな》しさを湛《たた》えていたのである。しかし、二助自身はなかなか愉しそうな心でうたいつづけた。三五郎が急に伴奏をやめても、二助は独唱でうたいつづけた。伴奏がなくなると、二助のうたっている歌詞は彼の即興詩《そっきょうし》であることがわかった。「ねむのはなさけば、ジャックは悲しい」とうたわなければならないところを、二助は「こけのはなさけば、おれはうれしい、うれしいおれは」などとうたっていた。

私は伴奏をやめてしまった三五郎の心理を解りすぎるくらいであった。伴奏を辞退した彼は、ピアノに肱をつき、二助が音楽の冒瀆《ぼうとく》を止めるのを待っていることであろう。私も女中部屋でおなじ心理を持っていた。

独唱がやんだと思うと二助は彼の部屋から三五郎に話しかけた。

「植物の恋愛で徹夜した朝の音楽というものは、なかなかいいものだね。疲れを忘れさしてよろこびを倍加するようだ。音楽にこんな力があるとは思わなかったよ。僕もこれからときどき音楽を練習することにしよう。五線のうえにならんでるおたまじゃくしは、何日くらいで読めるようになるものだい。二週間あればたくさんだろう。二つめの鉢が恋愛をはじめるまでに二週間ある予定だから、そのあいだに僕はおたまじゃくしの研究をしよう」

三五郎は返事のかわりにピアノをひどくかき鳴らし、それから別のオペラを弾《ひ》きはじめた。彼は二助のあまり知らないような唄《うた》を選んだにも拘《かかわ》らず、この朝の二助は決してだまっていなかった。二助はひどい鼻音の羅列《られつ》でピアノについてきたのである。こんな時間のあいだに私はもはや祖母の哀愁を忘れ、そしてむろん合唱の仲間に加わった。

早朝の音楽はついに小野一助の眼をさました。一助は、彼の部屋で、眼をさましたしるしに二つばかり咳《せき》をし、それから呟《つぶや》いた。

「じつに朝の音楽は愚劣《ぐれつ》だ」

一助はさらに咳を二つばかり加えた。

「今日はいったい何の日なんだ。みんな僕の病院に入れてしまうぞ。僕はまだ一時間十五分も睡眠不足をしている」

三人のうち誰も合唱をよさなかったので、一助はいくらか声を大きくした。

「三人のこらず僕の病院に入れてしまいたいな。三五郎、ピアノをよして水をいっぱい持ってきてくれ。食塩をどっさり入れるんだ。朝っぱらの音楽は胃のために悪いよ。君たちの音楽は、ろくな作用をしたためしがない」

三五郎が台所で食塩水の支度《したく》をしているあいだに、一助と二助とは部屋同志で話をはじめた。二人とも寝床《ねどこ》にいる様子であった。それで三五郎はコップの水を持ったまま私の部屋に道よりした。三五郎は女中部屋の入口でコップの水を半分ばかりのみ、それから私の机にきて腰をかけた。徹夜のためであろう彼はよほど疲れていて、憤《おこ》りっぽい顔でほとんど机いっぱいに腰をかけ、そして無言であった。私は二本の安全ピンで野菜用の風呂敷を頭にとめたままこの作業を中止していたため、風呂敷ののこった端《はし》は不細工なありさまで私の肩に垂れ、幾本かの安全ピンは三五郎のお尻《しり》のしたに隠《かく》されてしまった。私は一時も早く安全ピンを欲しいと思っているにも拘らず、三五郎は私の安全ピンを遮《さえぎ》っている事実をすこしも知らないありさまで、彼はただ膝のうえのコップをながめ、そしてときどきまずそうにコップの塩水をなめた。三五郎の様子では、彼はどうもまた国へいって百姓《ひやくしよう》をすることでも考えているようであった。この想像は、私にしぜん遠慮《えんりよ》がちなためいきをひとつ吐《つ》かせてしまった。すると三五郎ものみかかっていたコップに向って、よほど大きいためいきをひとつ吐いた。

　こんな時間のあいだに、一助と二助とは彼等同志の会話をすすめていた。一助はもはや音楽の悪い作用のことや、食塩水のことも忘れはてた様子で、たいへん熱心に話しこんでいた。

「人間が恋愛をする以上は、蘚《こけ》が恋愛をしないはずはないね。人類の恋愛は蘚《せん》苔類《たいるい》からの遺伝だといっていいくらいだ。この見方は決してまちがっていないよ。蘚苔類が人類のとおい祖先だろうということは進化論が想像しているだろう。そのとおりなんだ。その証拠には、みろ、人類が昼寝のさめぎわなどに、ふっと蘚の心に還ることがあるだろう。じめじめした沼地《ぬまち》に張りついたような、身うごきのならないような、妙《みょう》な心理だ。あれなんか蘚の性情がこんにちまで人類に遺伝されている証左《しょうさ》でなくて何だ。人類は夢の世界に於《お》いてのみ、幾千万年かむかしの祖先の心理に還ることができるんだ。だから夢の世界はじつに貴重だよ。分裂《ぶんれつ》心理学で夢をおろそかに扱わない所以《ゆえん》は――」

一助があまり夢中になりすぎたので、二助はひとつの欠伸《あくび》で一助の説を遮《さえぎ》り、そしていった。

「蘚になった夢なら僕なんかしょっちゅうみるね。珍《めず》らしくないよ。しかし、僕なんかの夢はべつに分裂心理学の法則にあてはまっていないようだ」

「どんな心理だね、その蘚になったときの心理は。いろいろ参考になりそうだ。委《くわ》しくはなしてみろ」

「しかし、言ったとおり、僕はべつに分裂医者の参考になるような病的な夢はみないつもりだ。それより僕は徹夜のためじつに睡《ねむ》くなっている」

「僕だって睡眠不足をがまんして訊《き》いてるんだ。分裂心理学では、人間のあらゆる場合の心理が貴《とうと》い参考になるんだぞ。いったい二助ほど分裂心理の参考にされるのを厭《いと》う人間はいないようだ。それも一種の分裂心理にちがいない」

「そんな見方こそ分裂心理だよ。人間を片っぱし病人扱いにするのはじつに困った傾向《けいこう》だ」

「みろ、そんな見方こそ分裂心理というものだ。ひとの真面目《まじめ》な質問に答えようとはしないでただ睡ることばかしを渇望《かつぼう》している。僕の病院にはそんな患者《かんじゃ》がどっさり入院しているよ。こんなのを固執性《こしっせい》というんだ」

「いくら病名をおっ被《かぶ》せようとしても僕は病人ではないぞ。そのしるしには、僕はどんな質問にでも答えてやれる。僕は何を答えればいいんだ」

「さっきも訊いたとおり、小野二助が蘚になった夢をみたときの、小野二助の心理を、誇張《こちょう》も省略もなく語ればいいんだよ」

「どうも、心理医者くらいものごとを面倒《めんどう》くさくしてしまうものはいないようだ。こんな家庭にいることは、僕は煩瑣《はんさ》だ。下宿屋の女の子は年中僕の前で泣いてばかしいたにはいたが、心理医者ほど僕を苦しめはしなかったと思う。僕はいっそ荷物をまとめて、あの下宿屋にまい戻《もど》ろうかしら」

「変な思い出に耽《ふけ》るんじゃない。僕はもうさっきからノオトとペンを用意して待っているんだぞ。あまり早口でなく語ってみろ」

「僕は、ただに、もとの下宿に還りたくなった。そこには、僕の――」

「いまだにそんな渇望をもっているくらいなら、即日《そくじつ》入院しろ。僕が受持になって、下宿屋の女の子のことなんか一週間で忘れさしてやるとも。丁度第四病棟《びょうとう》の四号室があき間《ま》になっている。昨日までやはり固執性患者のいた部屋だ」

「僕はあくまで病人ではないぞ。蘚や二十日大根をのこしておいて僕がのんきに入院でもしてみろ。こやしは蒸《む》れてしまうし、植物はみんな枯《か》れてしまうにちがいない」

「もし二助が健康体なら、この際僕にさっさと夢の心理を語るはずだよ」

「語るとも。こうなんだ。僕が完全な健康体としてしょっちゅうみる蘚の夢というのは、ただ、僕自身が、僕の机のうえにある蘚になっている夢にすぎないよ。だから僕は人類発生前の、そんな大昔の、人類の御先祖に当るような偉《えら》い蘚の心理には、夢の中でさえ還ったためしがない。それだけの話しだよ。僕はもう睡ってもいいだろう」

「もっと、ありったけを言ってしまうんだ。どうも二助の識閾下には、省略や隠蔽《いんぺい》の悪癖《あくへき》が潜《ひそ》んでいるにちがいない」

「僕は、僕の識閾下の心理にまで責任をもつわけにはいかないね。じつに迷惑《めいわく》なことだ」

「だから識閾下の問題は僕がひき受けてやるよ。それで、いま僕の知りたいのは、さっきから幾度となくきいているとおり、二助が蘚になっている夢の中の蘚の心理だ。隠蔽しないで言ってみろ。僕の病院では、隠蔽性患者の共同病室だってあるんだぞ。十六人部屋で、野原のようにひろい病室なんだ。たしか寝《しん》台《だい》が二つほどあいていたと思う」

「僕はそんな寝台に用事のないしるしに、夢の心理をはなすよ。いいか。僕は、僕の机のうえの、鉢《はち》のなかの蘚になっているんだ。だから小野二助という人物は、僕のほかに存在しているんだ。そして僕は、ただ、小野二助が僕に熱いこやしをどっさりくれて、はやく僕に恋愛をはじめさしてくれればいいと渇望しているのみだよ。そのほかの何でもありゃしないよ。僕はただ、一刻もはやく恋愛をはじめたいだけだよ」

「それから」

「そして眼がさめると、僕はもとの小野二助で、蘚は二助とは別な存在として二助の机の上にならんでいるんだ。僕の夢についてはこれ以上語る材料がないから僕はもう寝る。これ以上に質問はないだろう」

「あるとも。次の質問の方が貴重《きちょう》なくらいだ」

「僕はいっそ女中部屋に避難《ひなん》したいくらいだ。迷惑にもほどがある。今日は午後一時から肥料の講義をきのがしてはならない日だ。僕は肥料のノオトだけにはブランクを作りたくない」

「じつはこうなんだ。僕の病院に――」

「僕はどんな病室があいていたって一助の病院に入院する資格はもっていないぞ」

「入院のことでないから安心しろ。じつはこうなんだ。僕の病院に、よほどきれいな――（一助はここでよほどしばらく言葉をとぎらした）――人間がひとり入院しているんだよ」

「その人間は、男ではないだろう」

一助は返辞《へんじ》をしなかった。

このとき、女中部屋では佐田三五郎がコップの塩水をかなり多量に一口のみ下し、そして三五郎は私にいった。

「僕はじつに腹がすいている。何かうまいものはないのか」

私ははじめて解ることができた。今朝《けさ》からの三五郎の不機嫌《ふきげん》はまったく空腹のためであった。

私は女中部屋の窓の戸をあけ、窓格子《まどごうし》のあいだから外にむかって手をのばした。私の手が漸《よう》く生垣の蜜柑にとどいたとき三五郎はいった。

「蜜柑は昨夜のうちに飽食《ほうしょく》した。僕はいま胃のなかがすっぱすぎているんだ。僕と二助とはどうも蜜柑の中毒にかかるにちがいない。こんどから、二助が徹夜を命じたら炊事係《すいじがかり》も徹夜しなければ困る。徹夜くらい腹のすくものがあるか。

何かうまいものはないのか」

私はくわいの煮ころがしがいくつか鍋《なべ》にあることを思いだしたので、台所に来た。そしてついに鍋は見あたらなかった。

「何かないのか」

私は炊事係として途方にくれた。昨夜の御飯がいくらかのこっているはずの飯櫃《めしびつ》さえもなくなっていたのである。

「そんなものはむろん昨夜のうちに喰《た》べてしまったよ。あの飯櫃はよほどながく大気のなかにさらして、中の空気を抜かないとだめだ。二助の部屋にすこしでも置いたものは、何でもそうだ。何かうまいものはないのか」

私は戸棚《とだな》をさがして漸く角砂糖《かくざとう》の箱と、お茶の罐《かん》をひとつ取りだすことができた。私の台所には、そのほかにどんな食物があったであろう。お茶の罐のなかには二枚の海苔《のり》がはいっていた。

三五郎は角砂糖をたべては塩水をのみ、海苔をたべては塩水をのんだ。彼はずいぶんまずそうな表情でこの行動をくり返した。

こんな時間のあいだに、一助と二助はふたたび会話をはじめた。

「この際睡ってしまわれては困る」と一助がいった。「僕はぜひ今朝のうちにきいておきたい質問をもっているんだ。もうすこしだけ我慢できるだろう」

二助は返辞しなかった。

「睡ってしまったのか」一助はいくらか声を大きくした。

「僕は睡るどころではない。さっきも訊いたとおり、その人間は男ではないだろう」

「そんな興味はよした方がいいだろう。悪癖《あくへき》だよ。話の中途で質問されることは僕は迷惑だ」

「一助氏こそ隠蔽癖をもっているようだ。僕は睡ることにしよう」

「睡られては困るよ、じつはこうなんだ、その人間は男ではない患者で、蘚のようにひっそりしていて、僕の質問に決して返辞をしないんだ」

「その質問はどんな性質のものか、やはりききたいね」

「それあ、いろいろ、医者として、治療《ちりょう》上の質問だとも。治療以外のことで僕はその患者に質問したためしがない。二助はどうも穿鑿性《せんさくせい》分裂におちいっているようだ。主治医と患者のあいだの問答は当事者二人のあいだの秘密であって、二助の穿鑿はじつに迷惑だ」

「そんなおもしろくない話に対しては、僕はほんとに寝てしまうぞ」

「じつはこうなんだ」一助は急に早口になった。「その患者は僕に対してただにだまっていて、隠蔽性分裂の傾向をそっくり備えているんだ。これは、よほど多分に太古の蘚苔類の性情を遺伝されているにちがいない。典型的な蘚の子孫にちがいない」

「平気だよ。種がえりしたんだ。僕は動物や人間の種がえりの方はよく知らないが、なんでも、いつか、何処かで、尻尾《しっぽ》をそなえた人間が生れたというじゃないか。医者がその尻尾をしらべてみたら、これはまったく狐《きつね》の尻尾であって、これは人間が進化論のコオスを逆にいったんだという。じつにうなずけるじゃないか。人間が狐に種がえる以上は、人間の心理が蘇に種がえるのも平気だよ」

「僕は平気ではないね。なぜといって、よく考えても見ろ、主治医が病室にはいっていっても、笑いも怒《おこ》りもしないんだよ。僕はまるで自信をなくしている」

「泣きもしないのか」

二助の質問はたいへん乗気《のりき》であったのに対して、一助はひどくしょげた答えかたをした。

「泣いてくれるくらいなら、僕はいくらかの自信を持ち得たろうに」

「しかし、泣く女の子には、あらかじめ決して懸念《けねん》しない方がいいね。ひとたび懸念してしまうと忘れるのになかなかの月日が要るものだし、そんな月日の流れはじつにのろいものだよ。僕は——」

二助の会話はしだいに独語に変り、ききとれない呟《つぶや》きはしばらくつづいた。一助は二助の呟きに耳をかたむけている様子であったが、しばらくののち彼は急いで二助の呟きを遮《さえぎ》った。

「そんな推測は僕には必要ではない。決して必要ではない。僕はただ、一人の主治医として患者に沈黙《ちんもく》されていることが不便なだけだ。僕たちの臨床《りんしょう》では、主として主治医と患者との問答によって病気をほぐして行くんだ。そこにもってきて患者に沈黙されることは、主治医としてよほどの痛手《いたで》ではないか。察してもみろ、患者が識閾の下で何を渇望《かつぼう》しているかを知る手段がないのだぞ。そこにもってきて、主治医以外のもう一人の医員がいうには、これはおお、何という典型的な隠蔽性分裂だ！　僕もこの患者を研究することにしよう！　といったんだ。しかしこれは口実にきまっている。そのしるしには、あいつはしばしば僕の患者にむかって、ひとつの質問をくり返しているんだ。もう長いことくり返しているんだ。この質問は治療上にはちっとも必要のない質問で、患者をくるしめるに役だつ質問なんだ。僕にしろ、こんなおせっかいをされたくない。患者がたった一度だけ口をひらき、そしてあいつにむかって拒絶《きょぜつ》してくれたら、僕はじつに安心するだろうに」

「女の子というものは、なかなか急に拒絶するものではないよ。拒絶するまでの月日をなるたけ長びかせるものだよ。あれはどういう心理なんだ、僕は諒解《りょうかい》にくるしむ」

「僕の場合は病人だから、健康体の女の子とおんなじに考えられては困る。非難は医員のやつに向けろ。あいつは主治医のいないときに限り病室にはいって行くんだぞ。悪癖にもほどがある。僕はいずれあの医員の分裂心理もほぐしてやらなければならないだろう。

それで、主治医にしろ、自分の患者をだらしのない医員に任《まか》しておくわけにはいかないだろう。だからあいつが病室にはいって行くたびに、主治医も病室に行くんだ。するとあいつは手帖《てちょう》にむかい、鉛筆をなめるふりをしているんだ。

その手帖は、じつに主治医の関心にあたいする手帖で、主治医はあいつの手帖をみてやりたいんだ。じつに見てやりたいんだ。しかしあいつは手帖を一度だってポケットのそとに置きわすれたためしがない。そのくせあいつは主治医が病室に持ってきた診察《しんさつ》日記を主治医の手からとりあげ、よほど深刻な表情でしらべるんだ。これはあいつが主治医と患者とのあいだの心の進展をしらべるためなんだ。

僕の病院では、毎日こんな日課がくり返されている。僕は、毎日がまるでおもしろくない」

「そんなとき、人間はあてどもない旅行に行きたいものだよ」

「僕は、むしろ、あてどもない旅行に行きたい」

「僕は家族の一人にそんな旅行に行かれることを好まないね。のこった家族は、たれ一人として勉強もできないにきまっている」

「僕にしろ、二助の旅行中には本を一ぺエジもよめなかった。診察日記もかけなかったほどだ。僕はそれをがまんしてきたんだぞ。こんどは二助ががまんしろ」

「ともかく、一度患者の女の子にものを言わせて見ろ。そのとき、女の子の返辞が受諾《じゅだく》なら、あてどもない旅行に行かなくてもいいだろう」

「そんな幸福を、僕は、思って見たためしがない。僕は旅行に行ってしまおう」

「被害妄想《ひがいもうそう》はよせ。そんな被害性分裂におちいっていると、却《かえ》って一助氏を病院に入れてしまうぞ。旅行に行くのは拒絶された上でたくさんだ。そのときは荒野山のお寺に行くといいね。僕はお寺の坊《ぼう》さんに紹介状《しょうかいじょう》をかくことにしよう。あのお寺は精進《しょうじん》料理だけど、庫裡《くり》の炉《ろ》のそばに天井から秤《はかり》を一本つるしてあって、体重をはかるに不便しないからね。精進料理というものは、どうも日課として体重をはからせたくするようだ」

「それは料理のせいではなくて失恋《しつれん》のせいだよ。失恋者というものは、当分のあいだ黙りこんで肉体の痩《や》せていく経路をながめているものだよ」

「はじめ、秤の一端《いったん》に手でつかまってぶらさがったとき、いくらか塩鮭《しおざけ》になったような気がするが、向うの一端では坊さんが分銅《ふんどう》をやったり戻《もど》したりして、じつに長い時間をかかって、正確に体重をはかってくれるよ。丁度ぶらさがっているとき炉の焚火《たきび》がいぶって、燻製《くんせい》の鮭の心境を味わうこともできるよ。それからその鮭をたべたくなるんだ。あれは僕の心理が、鮭の心理と、小野二助の心理と二つに分裂するにちがいない。

それから、麓《ふもと》の村から一人の老人がたずねてくるにきまっているからね、僕は一助氏に伝言をひとつ托《たく》することにしよう。荒野山の裾野《すその》の土壌《どじょう》は絶望です、と伝えてほしい」

「この際絶望という言葉はよくないだろう。僕ならもうすこしのぞみのありそうな言葉を選ぶつもりだ。縁喜《えんぎ》のわるいにもほどがある」

「言葉だけかざってても仕方がないよ。あの裾野の土壌は、ただ地球の表面をふさいでるだけで、耕作地としては絶望だよ。僕の二十日大根《はつかだいこん》がこんなに育ったのは、裾野の土のせいではなくて、僕の調合したこやしのせいだからね。僕はあの老人の参考のために、一助氏に処方箋《しょほうせん》を一枚托することにしよう、僕の調合したこやしの処方箋を。そしたらあの老人は僕の調合したこやしがどんなに高価なものかを知って、裾野の利用法をあきらめるにちがいない」

「僕は山寺にゆくことをよそう。老人は裾野の土地を愛しているんだ。何をもってしてもあきらめきれない心理で愛しているんだ。僕はそんな老人の住む土地に出かけていって、同族の哀感《あいかん》をそそられたくないよ」

「僕の調合した処方箋で、老人がなおあきらめをつけない様子だったら、一助氏は老人を診察する必要があるよ。したがって氏はぜひお寺に出かけなければならないわけだ。老人は、どうも偏執性《へんしつせい》分裂をもっているよ。ともかく僕は二十日大根の研究をうち切ることにしよう。大根畠《ばたけ》をとりはらって、床の間には恋愛期に入った蘚の鉢をひとつずつ移していくんだ。僕はそうしよう。僕はうちの女の子に大根畠の掃除《そうじ》を命じることにしよう。僕の勉強部屋は、ああ、蘚の花粉でむせっぽいまでの恋愛部屋となるであろう。

二十日大根のノオトは、どうも卒業論文にあたいしないようだ。卒業論文にしろ恋愛のある論文の方がおもしろいにきまっている。さて僕は睡ることにしよう」

「僕は、今朝から、まだ早朝のころから、じつに貴重な質問をきかのこしている」一助はひどく急《せ》きこんでいった。「こうなんだ、あれほどにおもい隠蔽性患者は、十六人部屋に移して共同生活をさした方がいいんだが、患者自身が決して一人部屋から出ようとしないんだ。あれは、やはり、人間の祖先であった太古の蘚苔類からの遺伝であって、蘚苔的性情を遺伝された人間というものは、いつもひとところにじっと根をおろしていたい渇望をもっているんだ。じつに困る。一人部屋は主治医にとって都合《つごう》がいいが、同時にもう一人の医員にとっても都合がいいんだよ」

「どうも、恋愛をしている人間というものは、話をその方にばかし戻したがって困る。むしろ女の子を退院させろ」

一助は返辞のかわりとして深いためいきをひとつ吐《つ》いた。それで二助は次のようにいった。

「僕はのろけ函《ばこ》をひとつ設備することにしよう。僕の友だちに一人の男がいて、彼はとても謹厳《きんげん》な男なんだぞ。その部屋にはのろけ函という函をひとつそなえてあるんだ。一度金を入れたら、決して金の還ってこない函なんだぞ。訪問者のはなしの性質によっては五十銭玉を二つでも入れなければならない意味の函なんだ。僕の友だちは絶えずこの函を鍵であけ、それから映画館に行くことにしている。そして彼は一年中映画女優に恋愛をしているんだ」

「彼の罰金《ばっきん》は、何処ののろけ函に入れるのか」

「僕の友だちは、肉体をそなえた女に恋愛をするのは不潔だという思想なんだ。だから映画の上の女優に恋愛をしても罰金はいらないにきまっている」

「どうもその男はすばらしい分裂をもっているようだ。僕はぜひその男を診察することにしよう。今日のうちにその男を僕の病院につれてきてくれないか」

「僕は年中こやし代に窮乏《きゆうぼう》している。僕はのろけ函の収益でこやしを買うことにしよう」

「僕の質問は学問に関する質問であって、まるでのろけ函にあたいしない質問なんだ。僕はいよいよきくことにしよう。こうなんだ、昨夜二助が徹夜をして一鉢分をしあげた蘚の恋愛は、どんな調子のものだろう。僕が非常に委《くわ》しく知りたいのはこの問題なんだ。僕は蘚にそっくりの性情をもった患者の、不幸な主治医だろう。それで、僕は蘚の恋愛を僕の患者の治療の参考にしたいと思うのだが、やはりあれだろうか、二助の机のうえの蘚は、隠蔽性を帯びた黙った恋愛をしたり、二人のうちどっちを恋愛しているのか解らないような分裂性の恋愛をしたであろうか」

「僕の蘚は、まるで心理医者の参考になるような恋愛はしないよ。僕の蘚はじつに健康な、一途《いちず》な恋愛をはじめたんだ。蘚というものはじつに殉情的《じゅんじょうてき》なものであって、誰を恋愛しているのか解らないような色情狂ではないんだ。こじつけにもほどがある」

「ああ、僕は治療の方針がたたなくて困る。二助の蘚はA助とB助のうち、しまいにA助の方だけを恋愛していたことが解るような、そんな方法はないのか。あったら実験してみてくれないか。そしたら僕は二助の方法を僕の患者に応用することが出来るんだ」

「みろ、僕の部屋は蘚の花粉でむせっぽいほどだ。これは蘚が健康な恋愛をしているしるしで、分裂心理なんか持っていないしるしなんだ」

「二助は蘚の分裂心理を培養《ばいよう》してみてくれないだろうか。熱いこやしとつめたいこやしをちゃんぽんにやったら、僕の治療の参考になる蘚ができないだろうか」

「なんということを考えつくんだ。僕がそんな異常心理をもった蘚を地上に発生させるとは、もってのほかだ。ひとたび発生さしてみろ、その子孫は、彼等《かれら》の変態心理のため永久に苦しむんだぞ。僕は一助氏一人の恋愛のために植物の悲劇の創始者になることを好まない。まるでおそろしいことだ。僕は睡ることにする」

「こんな際にねむれるやつはねむれ。豚《ぶた》のごとくねむれ。ああ、僕は眼がさめてしまった」

一助の深い歎息《たんそく》とともに会話は終りをつげた。

一助と二助の会話はよほどながい時間にわたったので、このあいだに私は朝飯の支度を終り、金だらいの底をもみがくことができた。そして三五郎はもう以前に私の部屋で深い睡りに入っていたのである。

一助はもう朝の食事をしなければならない時刻であったが、彼は起きてくる様子はなくて、彼の部屋からは幾《いく》つかの重い息が洩《も》れてきた。最後に彼は小さい声で独語をひとつ言い、それから家中がひっそりした。

「僕は治療の方法をみつけることができなかった。ああ、ひと朝かかってみつけることができなかった。僕は今日病院を休んでしまおう」

このとき、私の勉強部屋は三五郎の寝室として使われていたので、私は本を一冊茶の間にもちだし食卓《しょくたく》の上で勉強していた。しかし私の頭工合《ぐあい》は軽いのか重いのか私にもわからない気もちで、私は絶えず頭を振ってみなければならなかった。そして読書はなかなかはかどらなかったのである。私の頭髪は長い黒布で幾重《いくえ》にも巻きかくされ、黒布の両端はうしろで結びさげにしてあって、丁度私の寒い頸を保護するしかけになっていた。しかし、私の頭は何と借りものの気もちを感じさせるのであろう。――私はいくたびか頭をふりそして本はいつまでもおなじペエジを食卓のうえにさらしていた。私はちっとも勉強をしないで、却って失恋についての考察に陥《おちい》ったのである。

私の頭を黒いきれで巻いたのは佐田三五郎の考案であって、彼は角砂糖と海苔《のり》とでいくらか徹夜のつかれをとりもどし、それとともに私の頭の野菜風呂敷をにがにがしく思いはじめたのである。彼は私の頭をまるで不細工なことだといい、もっとも野蛮《やばん》な土人の娘《むすめ》でもそんな布の巻きかたはしないものだといった。彼はそんな呟きのあいだに私の頭から二本の安全ピンをのぞき、風呂敷をとってしまった。

「泣きたくても我慢するんだ。女くらい頭髪に未練をかけるものはないね。じつに厄介《やっかい》なことだ。一助氏の鏡をかりてきて二つの鏡で頭じゅうをみせてやったら、泣くどころじゃないんだがなあ。みろ、一助氏はいま失恋しかかっているんだぞ。（このとき一助と二助とはまだ会話の最中であった）僕はこの際一助氏の部屋に鏡をとりに行くことを好まないよ。だから、目下のところは、鏡をみてしまったつもりで安心していればいいんだ。その心理になれなくはないだろう」

私はやはり頭を包むものをほしかった。外ではすでに朝がきていて、もしむきだしの頭で井戸《いど》に水をくみに行くならば、晩秋の朝日はたちまち私の頭をも照らすであろう。そして私はこんな頭を朝日にさらす決心はつかなかったのである。

私がふたたび野菜風呂敷をとり膝《ひざ》のうえで三角に折っているとき、三五郎はついに立ちあがって釘の下に行った。そして彼が釘のボヘミアンネクタイに向って呟くには、

「せっかくのおかっぱをきれで包んでしまうとは、これはよほどの隠蔽性にちがいない。じつに厄介だ。僕はまるで不賛成だが、しかし、女の子の渇望には勝てそうもない」

そして三五郎はネクタイのむすび目を解き、ボヘミアンネクタイを一本の長い黒布として、私の頭髪を巻いたのである。

「こんな問題というものは」三五郎は私の頸にきれの房《ふさ》を垂れながらいった。「外見はむしろ可愛《かわい》いくらいであるにも拘らず、外見を知らない本人だけが不幸がったり恥《はずか》しがったりするんだ。女の子というものは感情を無駄《むだ》づかいして

困る。それから、はやく飯《めし》を作って一助を病院にやってしまわないと僕は睡れなくて困る。なにか失恋者どもをだまらせる工夫《くふう》はないのか。せめて僕はこの部屋で睡ってみることにしよう」

このとき一助と二助とはまだ会話の最中であった。そして三五郎は床にはいるなり睡ってしまった。

佐田三五郎は睡り、小野二助は睡り、そして小野一助はだまってしまった後では、家の中がしずかになり、朝飯の支度を終った私が失恋について考えるのに適していた。この朝は、私の家族のあいだに、失恋に縁故《えんこ》のふかい朝であって、私の考えごとはなかなか尽《つ》きなかった。しかし、私はどうも頭の工合が身に添《そ》わなくて、失恋についてのはっきりした意見を持つわけにはいかなかったのである。私はついに自信のない思いかたで考えた――失恋とはにがいものであろうか。にがいはてには、人間にいろんな勉強をさせるものであろうか。すでに失恋してしまった二助は、このような熱心さでこやしの勉強をはじめているし、そして一助もいまに失恋したら心理学の論文を書きはじめるであろうか。失恋とは、おお、こんな偉力《いりょく》を人間にはたらきかけるものであろうか。それならば（私は急に声をひそめた考えかたで考えをつづけた）三五郎が音楽家になるためには失恋しなければならないし、私が第七官の詩をかくにも失恋しなければならないであろう。そして私には、失恋というものが一方ならず尊いものに思われたのである。

私がこんな考察に陥っていたとき、ふすま一枚をへだてた一助の部屋で、一助が急に身うごきをはじめた。彼は右と左と交互《こうご》に寝がえりをくり返している様子で、そして彼は世にも小さい声で言ったのである。

「僕はこんな心理になろうと思って僕の病院を休んだのではない。人間の心理くらい人間の希望どおりにいかないものがあるか。あたまをひとつ殴《なぐ》りつけてやりたいほどだ。心臓を下にして寝ていると、脈搏《みゃくはく》がどきどきして困る。これは坊間でいうところの虫のしらせにちがいない。心臓を上にして寝てみると、からだの中心がふらふらして困る。これはやはり虫のしらせの一種にちがいない。僕はまるで乏《とぼ》しい気もちだ。何かたいせつなものが逃げてゆく気もちだ。ふたたび心臓を上にしても、みろ、やはり虫のしらせがおさまらないじゃないか。これは、よほど、病院の事態に関する虫のしらせにちがいない。僕は今にして体験した。人間にも第六官がそなわっているんだ。まちがいなくそなわっているんだ。人間の第六官は、始終はたらかないにしろ、ひとつの特殊《とくしゅ》な場合にはたちまちにはたらきだすんだ。それは人間が恋愛をしている場合なんだ。僕はもういちど心臓を下にしてみることにしよう。みろ、依然《いぜん》として第六官の脈搏が打つじゃないか。僕はまるっきり乏しい気もちだ。ああ、僕の患者は、いまどうしているだろう。誰がいま、僕の患者の病室にはいっているであろう。僕はこうしてはいられない。（一助は急にとびあがった）僕は病院にいってみなければならない」

一助が茶の間にでてくる前に私は台所に避難していた。黒布で巻かれた私の頭を一助の眼にさらしたくなかったのである。私はさらに女中部屋に避難しなければならなかった。一助は台所にきて非常に急いだ洗顔をし（彼は洗面器を井戸ばたに持ってゆく時間を惜《お》しみ、丁度私がみがいておいた小さい金だらいで洗顔した）じき茶の間に引返した。私は熟睡《じゅくすい》をつづけている三五郎の顔のそばから台所に引返した。

私は一助からいちばん遠い台所の一隅に坐《すわ》り、いま女中部屋からとってきた私の蔵書の一冊を読むことにした。けれど此処《ここ》でも私の読書は身に添わなかった。障子《しょうじ》一枚の向うで、一助が曾《か》つていったことのない食事の不平を洩《も》らしたからである。

「どうもこの食事はうまくない。じつにわかめと味噌汁《みそしる》の区分のはっきりしない味噌汁だ。心臓のどきどきしてるときにこんな味噌汁を嚥《の》むのは困る」

私はこんな際に一枚の海苔もなくなっていることを悲しみ、戸棚をあけてみた。丁度戸棚のいちばん底に、浜納豆《はまなっとう》の折がひとつのこっていた。これは私がとっくに忘れていた品で、振ってみると乏しい音がした。私は腕《うで》のとおるだけの幅《はば》に障子をあけ私の腕を五寸だけ茶の間の領分にいれ、漸く浜納豆の折を茶の間におくことができた。

浜納豆は急に一助の食慾《しょくよく》をそそり、一助はこの品によって非常に性急な食事を終り、そして食後の吐息《といき》とともに意見をひとつのべた。

「浜納豆は心臓のもつれにいい。じつにいい。もつれた心臓の消化を助ける。僕は僕の病院の炊事係にこの品の存在を知らして、心臓のもつれた患者の常食にさせよう。これはじつにいい思いつきであって、心臓のほぐれたときにのみ浮ぶ心理なんだ。心臓のほぐれは浜納豆を満喫《まんきつ》した結果であって、僕はこの品の存在をぜひ僕の病院の炊事係に知らせ――しかし、僕は、食後、急にのんびりしたようだ。病院の事態を思えばのんびりしすぎては困る。僕はこうしてはいられない」

そして一助はあたふたと勤めに出かけた。

のこった二人の家族は熟睡をつづけ、私は茶の間にかえり、私の家庭はじつに静寂《せいじやく》であった。この静寂は私の読書をさまたげ、却って睡りをさそった。

三五郎の部屋では、寒い空気のなかに、丁度三五郎の寝床がのべてあった。私は早速《さつそく》睡りに入ろうとしたが、二助の部屋からつづいている臭気のなごりと寒さとのために、私はただ天井をながめているだけであった。丁度私の顔の上に天井板のすきまがひとつあって、その上に小さい薄明《うすあかり》がさしていた。三五郎の部屋の屋根の破損《はそん》は丁度垣根の蜜柑ほどのさしわたしで、私は、それだけの大きさにかぎられた秋の大空を、しばらくながめていた。この閑寂《かんじやく》な風景は、私の心理をしぜんと次のような考えに導いた——三五郎は、夜睡る前に、この破損のあいだから星をながめるであろうか。しばらく、星をながめているであろうか。そして午《ひる》近くなって三五郎が朝の眼をさましたとき、彼の心理にもこの大空は、いま私自身の心が感じているのとおなじに、深い井戸の底をのぞいている感じをおこさせるであろうか。第七官というのは、いま私の感じているこの心理ではないであろうか。私は仰向《あおむ》いて空をながめているのに、私の心理は俯向《うつむ》いて井戸をのぞいている感じなのだ。

そのうち私は睡りに陥った。

この日の午後に、三五郎と私とは、二助の大根畠の始末にとりかかった。この仕事を私たちに命じたのは小野二助で、そのために三五郎は音楽予備校を休んだのである。

三五郎の部屋で私は意外に寝すごしてしまったので、二助は私をおこすのによほど骨折った様子であった。私が夢のさかいからとびおきて蒲団の上に坐ったとき、私の眼のまえに二助が立っていて、二助は肥料学の講義に遅刻《ちこく》することをたいへん恐怖《きょうふ》しながら（そのしるしは彼の早口にありありとあらわれていた）命じた。

「今日のうちに二十日大根の始末をしといてくれ。たいせつなことは……寝ぼけていては困る。しっかりと眼をあくんだ。僕はまるで風と話しているようだ。

たよりないにもほどがある。（しかし私はあながち寝ぼけていたのではなく、一方では頭の黒布を二助に対して気兼ねに感じていたのである。ボヘミアンネクタイは私が睡っていたあいだにかなりゆるんでしまい、布の下からは頭髪が遠慮《えんりょ》なくはみだしているようであった）たいせつなことは、今日こそ、菜っぱを、一本もむだにしないで、おしたしに作ることだ。解ったのか。（私はうなずいた）僕はぜひ僕の処方箋のもとに栽培《さいばい》した菜っぱの味を味《あじわ》ってみる必要があるんだ。これは僕の肥料処方箋が人間の味覚にどうひびくかの実験だから、菜っぱを捨てられてはじつに困る。ごまその他の調味料は最少限の量を用い、菜っぱ本来の味を生かすおしたしを作ってみろ。ああ、僕はいま、たいせつな講義に遅刻しかかっている。それから、大根畠をよした床の間は、発情期に入った――（ここで二助は急に言葉をきり、ひどくあわてている気配であった）いや、そうじゃないんだ。どうも、徹夜の翌日というものは、ありのままの用語をつかいすぎて困るようだ。じつに困る。ともかく、僕の部屋の床の間は、蘚のサロンになるということなんだ。三五郎に命じてくれ、例の鉢を、そういえば三五郎は知っているからね、そのひと鉢を非常に鄭重《ていちょう》に床の間に移す――しかし、僕は、ついに遅刻しかかっている。僕はとてもこうしていられない」

そして二助はあたふたと学校にでかけた。

私はよほどたくさんの仕事をひかえている気もちで責任がおもかったので、三五郎のところに来てみた。私が女中部屋の入口に坐ったときは、女中部屋の入口に位置している三五郎の顔が眼をさましたときであった。私は三五郎に相談した。

「大根畠をとってしまわなければならないの。けれど――」

私がわずかにこれだけ話しかかったとき三五郎はいった。

「何ということだこれは。あの百姓部屋から大根畠をとってしまうとどうなるんだ。大根畠のない室内に、こやしだけ山積してみろ、こやしの不潔さが目だつだけじゃないか。きたないにもほどがある」

「床の間を、蘚のサロンにしておけって二助氏がいったの――」

「すてきなことだ。これはすてきなことだ。二助氏の考えはじつにいい。もともと二助の部屋は百姓部屋すぎるよ。大根畠と人工光線の調和を考えてみろ。不調和にもほどがある。豆電気というものは恋愛のサロンにのみ適したものなんだ」

「でも、分教場をあんまりたびたび休んでもいいの」

「休むとも。僕は絶えずその方が希望なんだ」

三五郎はとび起きて身支度をした。彼は台所に行き、私が炊事用の手ふきとして使っている灰色の手ぬぐいを頭に結んだのである。三五郎の態度は私を刺《し》戟《げき》した。私もゆるんでいる頭ぎれを締《し》めなければならないであろう。

私がボヘミアンネクタイの結びめを解こうとあせっているとき、三五郎は一挙に私の頭ぎれをもぎとり、皺《しわ》になったボヘミアンネクタイをながながと女中部屋の掛蒲団《かけぶとん》のうえに伸べた。

「そっちの端をしっかりつかまえているんだ。頭ばかし振るんじゃない。まるで厄介なことだ」

三五郎は私の机の下から結髪用の櫛《くし》をとりだして私に与えた。そして私は漸く額の毛束《けたば》をとめることが出来た。

掛蒲団の上では、三五郎と私とが、両端をおさえているボヘミアンネクタイをぱたぱたと叩《たた》いた。これは私の頭ぎれの皺をできるだけのばすためで、私たちはたいへん熱心に叩いた。

三五郎と私との朝飯はもう午《ひる》をすぎていて、二人とも頭ぎれを巻いた食事であった。けれど三五郎は何を考えはじめたのであろう、彼はさっきとび起きたときの勢いに似合わず黙りこんでしまい、そして考え考えたべている様子であった。私はこのような沈黙時間を好まなかったので、今私の心でいちばん重荷になっている二十日大根の始末について三五郎に相談した。よほどたくさんある筈のつまみ菜を、私は最初どんな器で洗ったらいいのであろう。これは炊事係にとってじつに迷いの多い仕事であった。

「水汲《みずく》みバケツのなかでこやしのついた品を――」

「食事中によけいな話題をだすんじゃない。こんな時にはこやしに脚《あし》をつけている大根のことなんか考えないで、しずかに蘚のことを考えるんだ。蘚の花粉というものは……」

三五郎は急に番茶を一杯《いっぱい》のみ、急にはものを言わなかった。私はこのような話題をつづけられることを好まなかったので、丁度三五郎が沈黙に陥っているあいだに三五郎のそばを去り、二助の部屋の雨戸をあけに行った。若い女の子にとっては、蘚の花粉などの問題は二人同志の問題としないで、一人一人で二助のノオトを読めばよかったのである。

私が縁の雨戸をあけ終って二助の部屋にはいったとき三五郎はやはり私にとっては好ましくない状態にいた。彼は二助の椅子に腰をかけ、机に二本の頬杖《ほおづえ》をつき、そして蘚の鉢をながめていたのである。二本の肱《ひじ》のあいだにはペエジを披《ひら》いた論文があった。

こんな状態に対して私はさっさと仕事をはこぶ必要があったので、私は障子ぎわに立っていて室内を見わたした。けれど、二助の勉強部屋は何と手のつけられないありさまであろう。室内はまったく徹夜ののちの混乱に陥り、私は、何から手をつけたらいいか解らないのである。私はついに飯櫃《めしびつ》のそばにぼんやりと立ちつくし、そして混乱した室内風景のなかに、私の哀愁をそそる一つの小さい風景を発見した。三五郎のかけている椅子の脚からこやし用の土鍋《どなべ》のある地点にかけて、私の頭髪の切屑《きりくず》が、いまは茶色っぽい粉となって散り、粉のうすれたところに液体のはいった罎《びん》があり、粉のほとんどなくなった地点に炊事用の鍋があった。そして私はいまさらに祖母のことや美髪料のことを思い、ボヘミアンネクタイに包まれた私の頭をふったのである。

三五郎はやはりおなじ状態をつづけていて蘚をながめ、それからノオトをながめ、また蘚をながめて取りとめのない時をすごしていたが、不意に私に気づいた様子で言った。

「何だってはなを啜《すす》るんだ」

そして三五郎はすこしのあいだ私の顔をながめたのち、初めて私のみている地点に気づいたのである。三五郎は頭をひとつふり、やはりたたみの上をみていて呟いた。

「どうも僕はすこし変だ。徹夜の翌日というものは朝から正午ごろまで睡っても、まだ心がはっきりしないものだろうか。僕は大根畠の排除《はいじょ》にはちっとも気のりしないで、却ってぼんやりと蘚のことを考えていたくなったんだ。女の子と食事をしているときふっとそんな心理になってしまったんだ。しかし、たたみのうえにこぼれている頭髪の粉って変なものだな。ただ茶色っぽい粉としてながめようとしても決してそうはいかないじゃないか。女の子の頭髪というものは、すでに女の子の頭から離れて細かい粉となっても、やはり生きているんだ。僕にはこの粉が生きものにみえて仕方がないんだ。みろ、おなじ粉でも二助の粉肥料はただあたりまえの粉で、死んだ粉じゃないか。麦《むぎ》こがしやざらめ砂糖と変らないじゃないか。しかし頭髪の粉だけは、そうはいかないんだ」

三五郎は何かの考えをふるい落す様子で頭を烈《はげ》しく振り、そしてふたたびノオトに向った。

三五郎の様子では大根畠の始末はいつ初まるのか見当もつかなかったので、私は飯櫃の蓋《ふた》をあけてみた。飯櫃のなかには一粒《ひとつぶ》の御飯もなくて二本の匙《さじ》がよこたわり、二本の匙は昨夜二助と三五郎とがどんな食べかたをしたかを示すに十分であった。それから私は炊事用の鍋の蓋をあけてみた。そして私は此処でも徹夜者たちの空腹を十分に偲《しの》ぶことができた。鍋のなかには、くわいの煮《に》ころがしのお汁《しる》までも完全になくなっていたのである。私は飯櫃のなかに鍋をいれ、そして台所にはこんだ。

私が雑巾《ぞうきん》バケツをさげて帰ってきても、三五郎はやはり机についていて、熱心な態度で蘚の論文をよんでいた。そして私は一人で大根畠の始末にとりかかった。私は右手で試験管一個分の二十日大根をつまみあげ、左手にさげたバケツの水のなかに浮《う》かせ、次の試験管にかかり、そしてしばらくこの仕事をつづけた。

三五郎と私は丁度たたみを一畳半《じょう》ほどへだてて背中をむけ合った位置にいてそれぞれの仕事をつづけていたが、雑巾バケツの水面が二十日大根で覆《おお》われたころ、三五郎はたたみの上にノオトを放りだし、そして向うをむいたままで言った。

「今日のうちに引越しをしてしまおうじゃないか。丁度大根畠は今日でなくなるし、引越しをするにはいい機会だよ」

私は雑巾のバケツをさげたまま三五郎の背中をみた。彼は頭を両手で抱え、それを椅子の背に投げかけた怠惰《たいだ》な姿勢をとっていた。

三五郎は私の返辞をまたないで次のような独語をつづけ、そして私は彼の独語のあいだ彼の背中をながめることを止《よ》したり、またながめたりしていた。

「僕は、なんだか、あれなんだ、たとえば、荷物をうんと積んだ引越し車を挽《ひ》いてやりたい心理状態なんだ。何しろ今日は昨夜の翌日で、昨日は二助の蘚が恋をはじめたり、花粉をつけたり、ひいては僕が花粉をどっさり吸いながら女の子の頭を刈《か》ってやったり、それから……ああ、女の子は昨夜がどんな日であったかを覚えていないのか。女の子というものはそんな翌日にただ回避性分裂に陥っているものなのか。僕は二助のノオトを持っているのに、女の子の方では二人で蘚の論文を読もうとはしないで却って雑巾バケツを持ちだして来るじゃないか。だから僕は大根畠の試験管を叩きこわしてやりたい心理になるんだ。僕はぼろピアノを叩き割っても足りないくらいだ。僕は結局あれなんだ、何かを摑《つか》みつぶしてやりたいんだ。だから僕は、摑みつぶす代りとして引越し車の重たいやつを挽くんだ」

三五郎は急に椅子から立ちあがり、さっき放りだしたノオトを拾った。そして彼は披《ひら》いたノオトを楽譜《がくふ》のつもりで両手にもち、曾つて出したことのない音量でコミックオペラをうたったのである。けれど三五郎の音楽はただ破れるほどの大声で何かの心理を発散させるための動作で、ただ引越し車を挽く代りの動作であった。そして三五郎はつねに大根畠の方に背を向けていた。

三五郎がうたいたいだけをうたい終るにはよほどの時間を費《ついや》したが、そのあいだ私はただ三五郎の背中をみていた。そして私は三五郎がコミックオペラを止め、二三度頭をふり、そして頭の手拭いを結びなおしたとき部屋を出た。私は雑巾バケツの野菜を一度井戸ばたにあけて来なければならないのである。

私がふたたびバケツとともに部屋にかえったとき、三五郎は大根畠の前に来てバケツを待っているところであった。彼は大根畠の取片づけに気の向いたしるしとして私も天井にさし上げ、私をたたみの上に置くと同時に熱心に働きはじめた。三五郎がせっせと野菜の収穫《しゅうかく》をしながらうたいはじめた音楽は、平生《へいぜい》どおりの音量の音程練習であった。そして彼は音程が気にくわないと収穫を中止し、作物のとり払われた試験管の列をピアノの鍵《けん》として弾《ひ》きながら練習した。

私が二人の隣人に初対面をしたのは、丁度二十日大根でいっぱいになった雑巾バケツをさげて玄関を通り掛ったときであった。けれど私の家庭では音楽のため隣人に迷惑《めいわく》をかけなかったであろうか。二人の女客は、もうせんから来訪していたさまで玄関に立ちつくしていたのである。私の眼には最初二人の訪客が一つの黒っぽいかたまりとしてみえた。これは彼女達《かのじょ》の服装《ふくそう》の黒っぽいためで、一人は全身に真黒な洋服をつけ、すこしうしろの方に立っている一人は黒い袴《はかま》をつけていた。そして彼等が二人の来訪者であると知ったとき私は玄関のたたみのうえに坐り、お辞儀《じぎ》をした。しかし、私たちの家庭の空気や私の身なりなどは、来訪者にあまり愉快《ゆかい》な印象を与えていないようであった。私の頭にはネクタイの黒布が巻きつき、私の膝のそばには大根畠の匂《にお》いをもったバケツがならび、そして奥《おく》の方ではまだ三五郎の音楽がつづいていたのである。このような状態のなかで訪客の一人は（これは洋服をつけた方の客で、先生のようにみえた）私に向って隣家に越してきたことを言いかかり、すぐやめてしまった。そして私は漸く三五郎を呼んでくることを思いついた。

しかし三五郎が玄関に出てきても、私たちは隣人に快い感じを与えることは出来なかった。三五郎と私とはやはり二人とも頭ぎれを巻いていて、二人は玄関のたたみのうえに並んで坐ったのである。先生の隣人は何の感興もない様子で隣人としてのもっとも短い挨拶《あいさつ》を一つのべ、三五郎と私とは言葉はなくてただお辞儀をした。このとき、もう長いあいだうしろの方に立っていた訪客は(これは黒い袴をつけた方の客で、生徒のようにみえた)ふところから紙片を一枚とりだし、なるたけ玄関の隅《すみ》の方においた。それは丁度障子のかげから半分だけみえている雑巾のバケツのそばであった。そして三五郎と私とは、隣人たちの帰っていった玄関で、しばらくは引越し蕎麦《そば》の切手をながめていたのである。

私の家庭がたえず音楽で騒々《そうぞう》しいのに引きかえて、隣人の家庭はつねに静かであった。そして初対面のとき黒い袴をつけていた生徒の隣人と私との交遊は、前後を通じて非常に静粛《せいしゅく》で寡黙《かもく》なものであった。これは隣人と私とが互《たが》いの意志をつたえるのにほとんど会話を用いないで他の方法をとったためであった。

この隣人は彼女もまたとなりの家庭の炊事係で、女中部屋の住者であった。彼女は初対面のとき黒い洋服をきていた先生の隣人と二人分の炊事係で、黒い袴は彼女が夕方から夜にかけて講義をききに行くときの服装であった。私の隣人は昼間を炊事係として送り、夜は夜学国文科の聴講生として送っていたのである。それから、初対面のとき先生のようにみえた隣人は、事実宗教女学校という学校の英語の先生で、彼女はすべての物ごとに折目ただしい思想をもっている様子であった。先生の思想は、たとえば、二人の若い炊事係が井戸ばたなどで話をとりかわすのは決して折目ただしい行動ではないというような思想ではないであろうか。

さて二人の炊事係の交遊ははじめ井戸ばたではじまった。丁度二助の大根畠を取りはらった翌日のことで、私は雑巾バケツでつまみ菜を洗い、隣人は隣家の雑巾バケツで黒い靴下《くつした》を二足あらっていた。そして私たちはすこしも会話のない沈黙《ちんもく》の時間を送り、そのあいだに行動でもって隣人同志の交情を示したのである。——隣人の洗い終った靴下が石鹼《せっけん》の泡《あわ》をおびた四つの黒いかたまりとして私の野菜のそばに並んだとき、私は二十日大根の一群を片よせ、隣人はその跡《あと》に彼女の雑巾バケツを受け、そして私はポンプを押《お》した。これは丁度私がポンプの把手《とつて》の近くにいたためであった。けれど私の押しているポンプは非常に乱調子で、そのために隣人の雑巾バケツには水が出たり出なかったりした。私はもはや頭ぎれを巻いていなかったので、私の頭髪はポンプの上下と共にたえず額に垂れかかり、そして私はたえず頭をふりながらポンプを押したのである。この状態をみた隣人は彼女の頭から小さいゴムの櫛を一枚とり、井戸の周囲を半廻《まわ》りして私の頭髪をとめてくれた。

私はこの日の朝からもう頭ぎれを巻いていなかった。朝眼をさましたとき、私の頭ぎれはすでに私の頭をはなれて女中部屋のたたみのうえに在った。そして私は、もはや頭髪をつつむことを断念したのである。三五郎の買ったボヘミアンネクタイは、いまは、ひとつの黒いかたまりとなって美髪料とともに私のバスケットの中に在った。

隣人が四本の靴下を蜜柑の垣に干す運びになったとき、私は三本の靴下をさげて垣根までついて行った。隣人は彼女の手にあった一本を干し、二本目を私の手からとり、そして私の手に最後の一本がのこったとき私は蜜柑のうえにそれを干した。そして私たちは無言のまましばらく靴下の雫《しずく》をながめていたのである。

最後に隣人は私の野菜の始末を手つだってくれたので、私は意外に早く二十日大根の臭気をのぞくことができた。隣人と私とは私の雑巾バケツで洗った分を隣人の雑巾バケツに移し、それから笊《ざる》にあげる手順をとった。そして最後に隣人と私とはかわるがわるポンプを押し、ずいぶん長いあいだ二十日大根に水を注いだのである。

野菜がすっかり清潔になったとき、私ははじめて隣人に口を利いて遠慮《えんりょ》がちにつまみ菜をすすめてみた。隣人はやはり遠慮がちに私の申し出を断り（それは彼女の家族がたぶん食べないであろうという理由からであった）そして蜜柑の木に仮干しをしてあった四本の靴下をさげて彼女の家庭に帰った。

夕方に、私は台所の上り口に腰をかけ、つまみ菜の笊をながめて考え込んでいた。二助の栽培した二十日大根をいよいよ調理することに対して、私にはなお多くのためらいがのこっていたのである。けれどこの問題は丁度前後して帰ってきた三五郎と二助とによっていろんな方面から考察されることになった。ひと足さきに帰ってきたのは三五郎の方で、彼は非常にうれしそうな様子で台所を横ぎり女中部屋の障子をあけてみた上ではじめて台所口の私に気づいた。三五郎は右手に一本のヘヤアイロンをもっていて、ときどき私の頭髪を挟《はさ》みあげ、またヘヤアイロンを音楽の指揮棒のように振ったりしながら言ったのである。

「今日分教場の先生にほめられたから頭の鏝《こて》を買ったんだ。非常にほめられると、やはり何か買いたくなるものだね。僕は先生から三度うたわされて三度ほめられたんだ。（三五郎は音楽をうたい、指揮棒を波のように震《ふる》わせた。このとき二助は丁度台所にきて三五郎のうしろに立っていた）今晩は町子の頭をきれいにしてやるから七輪の火を消さないでおくんだ。忘れてはいけないよ」

「いろんな方向に向っている髪をおなじ方向に向けてしまうといいね。しかし僕は腹がすいた。早く僕の作物でおしたしを作らないと困る」

「僕はこんな作物のおしたしはどうもたべたくないね。（三五郎は笊をとりあげて鼻にあててみた）みろ、やっぱり大根畠そっくりの匂いがしている」

二助も笊の匂いをしらべてみて、

「これは二十日大根そのものの匂いだよ。こやしの匂いはちっとも残っていないじゃないか。試験管のことを忘れて公平に鼻を使わないと困る」

三五郎はふたたび笊をしらべたのち私にきいた。

「ほんとにすっかり洗ったのか」

それで私は昼間隣人と二人で二十日大根を洗った順序を委しく物語ったのである。すると三五郎は急に笊をおいて言った。

「隣人の靴下を二足あらった雑巾バケツで菜っぱを洗ったのか」

「ええ。それから長いことかかって笊のうえから水をかけたの」

「何にしてもきたないことだよ。この二十日大根は隣家の雑巾バケツを通して隣家の先生の靴下に触《ふ》れたんだ。それに僕はどうも隣家の先生を好まないよ。第一初対面の時に僕は汚《きた》ない手拭いで頭をしばっているところを見られているし、それに、何となく、あれなんだ、欠点を挙げられそうな気がして、僕は、隣家の先生がけむったいんだ。威厳《いげん》のありすぎる隣人だよ。だから僕は今日分教場の帰りに、宗教女学校の帰りの先生と同じ電車にのり合わしたけど、電車を降りてうちに帰るまで決して隣家の先生の前を歩かなかったんだ。だから僕は先生の真黒な靴下をよくみたが、あんな棒のような、ちっとも膨《ふく》らみのない脚は、ただけむったいだけだよ。あんな靴下を洗濯《せんたく》したバケツで洗った菜っぱの味は、けむったいにきまっている」

「平気だよ。もともとこの二十日大根は僕が耕作《こうさく》した品なんだ。隣家の雑巾バケツの中を二三分間くぐってきたことはまるで問題じゃないよ。僕は隣家の先生にはまだ面識をもたないが、三五郎の考えかたにはこのごろどうも偏見《へんけん》があるようだ。こやしを極端《きょくたん》にきたながったり、隣家の靴下をけむたがったり、何か一助氏に診察させなければならない心理が生れかかっているのか。公平に考えてみろ、こやしも靴下もことごとく神聖なものなんだ」

「二助氏こそ公平に考えてみろ。（三五郎はヘヤアイロンのさきに一群の二十日大根を挟んで二助の鼻にあてた）それから僕はべつに一助氏に診察させるような心理には陥っていないよ。ただ、おなじ隣人を持つくらいならもうすこし威厳のすくない隣人を持って――」

二助はヘヤアイロンの野菜を大切そうにつまんで笊に還《かえ》し、そして私にきいた。

「ともかく精密に洗ったんだね」

私はもう一度隣人と代る代るポンプを押した話をくり返した。

「すると、隣家の先生がポンプを押してくれたのか」

「そうじゃないよ。（三五郎は私に代って答えた）解らないにもほどがあるね。隣家の先生はほんのさっき僕と前後して隣家に帰ったと聞かしてあるじゃないか。もう一人生徒の隣人がいるんだよ。黒い袴をはいた生徒なんだ。あれはたぶん夜学国文科の生徒にちがいないね。頭髪が黒くて国文科らしい顔をしているよ。僕はさっき分教場から帰るとき、この隣人にも逢《あ》ったんだ」

「黒い袴をはいた女の子なら僕もすれちがったよ。僕は丁度三五郎のじき後から帰って来たからね。あれが隣家の女の子なのか。しかし（二助はしばらく考えこんでいた）僕はもうおしたしを止そう。隣家の女の子は、やはり、あれだよ、つまり、涕泣癖《ていきゆうへき》をもっていそうなタイプだよ。太ったタイプの女の子には、どうも、泪《なみだ》がありすぎて――（二助は深い追想に耽《ふけ》る様子であった）ともかく僕はあのタイプの女の子が洗ってくれた野菜を好まないよ」

そして二助の耕作した二十日大根は、私の台所で二三日たつうちに色が蒼《あお》ざめ、黄いろに褪《あ》せ、ついに白く萎《しお》れてしまったのである。

祖母の送ってくれた栗《くり》の小包には三通りの栗がはいっていて（うで栗、生栗、かち栗）幾つかの美髪料の包みも入れてあった。けれど私の頭はもはや三五郎の当ててくれたヘヤアイロンの型に慣《な》れ、そして私自身もすでにアイロンの使いこなしに慣れかかっていたのである。私は哀愁とともに美髪料の包みをバスケットのなかに入れ、そして机の上の三つの皿《さら》にうで栗を盛《も》った。二助の部屋からはいつもの匂いがながれ、三五郎はさっきピアノとともに二度ばかり音程練習をしてそれきりだまってしまった。一助の部屋はただひっそりしていて何のおとずれもなかった。そして私は次々に三つの部屋を訪れ、三人の家族の消息を知ることができたのである。

私がうで栗の皿を一助の部屋にはこんだとき、小野一助は何もしていなかった。彼はただ机の下に脚をのばしてたたみの上に仰臥《ぎようが》し、そして天井をみているところであった。彼の頭の下には幾冊かの書籍が頭の台として重ねられ、それらの書籍は一助の頭の下ではみだしたのや引っこんだのやまちまちであった。一助はこの不揃《ふぞろ》いな枕《まくら》の上に両手で抱えた頭をのせ、何ごとかを考えていたのである。私が彼の肱のそばに栗の皿をおいても、一助はやはり天井をみていた。

私は栗のそばに膝をつき、しばらく一助の胸のあたりをみていた。彼の呼吸は幾つかを浅くつづき、その後にはきっと深く吸って深く吐きだす一つの特別な息があった。そして私は、人間がどのような場合にこんな息づかいをするかを偲《しの》ぶことができた。

部屋のなかは空気ぜんたいが茶褐色《ちやかつしよく》で、一助の胸も顔も、勤めから帰って以来一助がまだ着替《きが》えないでいるズボンとワイシャツも、壁《かべ》のどてらも、そして栗の皿も、みんな侘《わび》しい茶褐色であった。これは一助が明るい灯を厭《いと》い、机の上の電気に茶褐色の風呂敷を一枚かけているためであった。

私は小野一助が部屋を茶褐色にし、着替えもしないで天井をみている心理を知っていた。一助はこのごろいつもワイシャツとズボンの服装でまずそうに夕飯をたべ、そして洋服のバンドのたけが一寸も不用になったほど痩《や》せてきたのである。私は栗の皿を一助の胸の近くにすすめておいて女中部屋に帰った。

二つ目の皿を二助の部屋にはこんだとき、二助の室内は白っぽいほどに明るくて、二助は相変らず乱雑をきわめたこやしの中で熱心に勉強していた。この部屋は大根畠をとりはらった当日だけいくらか清潔で、今ではふたたび煩瑣《はんさ》な百姓部屋であった。ただ床の間の大根畠が一鉢の黄色っぽい蘚の湿地にかわり、机のうえに四つならんでいた湿地が一つ減っただけであった。

私が足の踏《ふ》み場に注意をはらいながら二助の机に近づき、皿のおき場処を考えていたとき、小野二助はピンセットを持ったまま栗に気づいた様子であった。彼のピンセットの下には湿地から抜きとられた一本の蘚がよこたわっていた。二助はピンセットをはなさない手で栗を一粒《ひとつぶ》つまんで口にはこびかかったが、ふたたび皿に還し、床の間に出かけ、床の間の蘚をピンセットにつまんで帰ってきた。そして二助はノオトの上の二本の蘚をしばらく研究したのち、栗を一粒つまんでたべたのである。二助の研究は二本の蘚をならべて頭のところを瞶《みつ》めたり、脚の太さを比較《ひかく》したり、息を吹きかけてみたりなかなか緻密《ちみつ》な方法で行われた。そしてついに二助は左手の人さし指と拇指《おやゆび》に二本の蘚の花粉をとり、一本ずつ交互に鼻にあてて息をふかく吸いこんだ。これは花粉の匂いを比較するための動作で、二助はしずかに眼をつぶり、心をこめて深い息を吸いこんだのである。けれどこのとき室内に満ちているこやしの匂いは二助を妨《さまた》げたようであった。彼は右手のピンセットをおき、上っぱりのポケットから香水をだして鼻にあてた。このあいだ左手は大切そうにノオトのうえに取りのけられていて、二助は決して右手に近づけなかった。二助は左の指に香水のつくことをひどく恐怖していたのである。

香水によってこやしの臭気を払ったのち二助はあらためて左指をかたみがわりに鼻にあてて長いあいだしらべ、漸《ようや》く眼をひらき、そして栗をつまんだ順序であった。このとき私はまだ皿をおかないでいた。けれど二助はなお蘚から眼をはなさないでうで栗を噛《か》み割ったので、うで栗の中味がすこしばかり二助の歯からこぼれ、そしてノオトの上に散ったのである。私は思わず頸《くび》をのばしてノオトの上をみつめた。そして私は知った。蘚の花粉とうで栗の粉とは、これはまったく同じ色をしている！　そして形さえもおんなじだ！　そして私は、一つの漠然《ばくぜん》とした、偉《おお》きい知識を得たような気もちであった。――私のさがしている私の詩の境地は、このような、こまかい粉の世界ではなかったのか。蘚の花と栗の中味とはおなじような黄色っぽい粉として、いま、ノオトの上にちらばっている。そのそばにはピンセットの尖《さき》があり、細い蘚の脚があり、そして電気のあかりを受けた香水の罎のかげは、一本の黄色い光芒《こうぼう》となって綿棒の柄《え》の方に伸びている。

けれど、私がノオトの上にみたこの一枚の静物画は、じき二助のために崩《くず》された。二助があわてて二本の蘚をつまみあげ、そしてノオトから栗の粉をはたいてしまったからである。二助がふたたびノオトの上に蘚をならべたとき、私は頭をひとつ振り、ノオトの片隅に栗の皿をおいて女中部屋に帰った。

女中部屋で私は詩のノオトをだしてみた。私はいま二助のノオトの上にみた静物画のような詩を書きたいと思ったのである。しかし私が書きかかったのはごく哀感に富んだ恋の詩であった――祖母がびなんかずらを送ってくれたのに、私にはもうかずらをつける髪もない。ヘヤアイロンをあててもらいながら頸にうける接吻は、ああ、秋風のように哀しい。そして私は未完の詩を破ってしまった。

私が三つめの皿を運んだとき、佐田三五郎は廻転椅子に腰をかけ、ピアノに背中をむけた姿勢で雑巾バケツをながめていた。この雑巾バケツは、夕方雨の降りはじめたころ私がたたみの上に置いた品であった。私はうで栗の皿をピアノの鍵の上におき、三五郎のそばに立ってしばらくバケツの中をみていた。バケツの底にはすでに一寸ほどの雨水がたまっていて、そのなかに屋根の破損から雨が落ち、また落ちてきた。そして水面にはたえず条理のない波紋《はもん》が立っていた。

「栗をたべないの」

私は三五郎の膝に栗の皿を移してみた。三五郎はピアノに皿を還し、

「雑巾バケツがあると僕はちっとも勉強ができなくて困る。僕が音程練習をやりかかると、きまってバケツに雨が落ちてきて、僕の音程はだんだん半音ずつ沈んで行くんだ。雑巾バケツの音程はピアノ以上に狂っているよ」

私が女中部屋に帰って生栗の皮をむきはじめたころ、三五郎は急に勉強にとり掛った。彼は雑巾バケツのためにいつまでも不勉強に陥っている彼自身を思

い返したのであろう。けれど三五郎は栗をたべては音程練習をうたい、また栗をたべている様子で、このとぎれがちな音楽は非常に侘しい音いろを帯びていた。私は侘しい音楽を忘れるために何かにぎやかなものを身につけてみたくなったので、祖母の作ったかち栗の環をひとつ頸にかけてみた。祖母の送ってくれたかち栗は、まんなかを一粒一粒針でとおして糸につなぎ、丁度不出来な頸かざりの形をしていたのである。

隣人と私とのあいだに一つの特殊《とくしゅ》な会話法がひらかれたのは丁度この時であった。隣人もまた隣家の女中部屋の住者で、隣人の窓は私の窓と向いあい、丁度物干用の三叉のとどく距離《きょり》であった。あいだには蜜柑の垣根が一重あるだけで、隣人が彼女の窓から手をのばすとき彼女の手は垣の向側にとどき、私の手も部屋にいて垣の此方《こちら》側の蜜柑をとることのできる距離であった。そして隣人は、私の膝に栗の皮のたくさん溜《たま》ったころ三叉の穂《ほ》で私の雨戸をノックしたのである。

三叉の穂には筒《つつ》の形をした新聞紙の巻物が一個下げてあって、新聞紙の表面は雨にぬれ、中には一枚の楽譜がはいっていた。そして手紙にはそこはかとない隣人の心境がただよっていた。

「楽譜を一枚おとどけいたします。私は三日前にこの品を買ってきましたけれど、今日までその始末について何だか解らない考えをつづけていました。今晩学校から帰ってお宅の音楽をきいていましたら、やはりこの品は買ったときの望みどおりの所におとどけしたくなりました。だしぬけをお許し下さい。私の家族はすべてだしぬけなふるまいや、かけ離れたものごとを厭う傾向を持っていますけれど、私はこのごろ何となくその傾向に叛《そむ》きたい心地で居ります。

この品を買った夜は何となく乗物にのりたくない気もちがしましたので、学校から家まで歩いて帰りました。そして私は三十分遅《おく》れて帰りました。家族は私の顔いろがすぐれないといって乗物の様子などをききましたので、私は停電だと答えてしまったのです。ああ、人間は心に何か哀《かな》しいことがあるときこんな嘘《うそ》を言うと申します。私の家族は夜学国文科などは心の健康にいけないようだから、春からは昼間の体操学校に行ったらどうだろうなどと呟きながら学校案内をしらべました。何と哀しい夜でしょう」

隣人から贈《おく》られた楽譜は「君をおもえど　ああ　きみはつれなし」という題の楽譜であった。私は手紙とうで栗とを野菜風呂敷につつみ、隣人とおなじ方法でとどけた。

「さきほどはありがとうございました。今晩は私も栗の皮をむきながら心が沈んでいます。家族たちも一人をのぞくほかはみんなふさいでいますので、これから頂いた音楽をうたって家族たちを賑《にぎ》やかにしたいと存じます。栗をすこしおとどけいたします」

隣人はよほど急いだ様子で、折返し次のことをきいてよこした。この手紙は野菜風呂敷に包んであった。

「いま音楽をうたっていらっしゃる御家族はなぜこのようにとぎれがちな、ふさいだ歌ばかりおうたいになるのでしょう。あなたは栗の皮をむきながら誰のことをお考えになったのでしょう。心がふさいだり沈んだりするのは、人間が誰か一人の人のことを思いつづけるからではないでしょうか。私の心もこのごろ沈んでばかしいます。私の家族のねむりをさまさないように雨戸をしめないで御返事を待ち上げます」

「ピアノのある部屋には夕方から雨が洩《も》りはじめました。この部屋はときどき屋根がいたんで、家族たちにいろんな心理を与える部屋です。せんに私はその破れから空をのぞいていましたら、井戸をのぞいている心地になったことがありますし、今晩はその部屋に住んでいる家族が屋根の破れのためにふさぎ込んでしまいました。雑巾バケツに雨だれの落ちる音はたいへん音楽に悪いと彼は申します。それで栗をたべながらとぎれがちな音楽をうたっているところです。次に私が栗の皮をむきながら考えたのは祖母のことでした。このような雨の夜には祖母もまた栗飯のために栗の皮をむいていることでしょう。こんなことを考えて私は心が沈みました」

「ピアノの部屋の御家族のふさいでいらっしゃるわけとあなたの沈んでいらっしゃるわけをお知らせいただいて、私の心理もなんとなく軽くなりました。さっき申しわすれましたけれど栗をありがとうございました。これから夜ふけまで私は栗をいただいて御家庭の音楽をききましょう。私はもともと音楽をうたうことがたいへん好きですけれど、私の家族はそんなかけ離れたことを好みませんので控《ひか》えています。けれどうたいたい音楽をうたわないでいることは心臓を狭《せば》められるような気がして仕方がありません。それから私の家族は朝早くおき、夜はきまった時間にねむるという思想を持っています。けれど、このごろ私は不眠症《ふみんしょう》のくせがついてしまいました。そして夜ふけまでも御家庭の音楽をきいたりいたします。ピアノのお部屋にバケツのなくなる時を祈念《きねん》申しあげます。おやすみなさい。

申しおくれましたけれど二伸《にしん》で申しあげます。私の袴は、家族のスカアトを二つ集めて作ったものです。夜学国文科に入学するとき私は国から海老茶《えびちゃ》いろの袴をひとつ持って来ましたけれど、この方は不用になってしまいました。私の家族はすべて黒い服装を好んでいます。家族のだしてくれた二つのスカアトは、一つはすこし新らしく、一つの方はよほど古いスカアトでしたから、私の袴は前身《まえみ》と後身《うしろみ》といくらか色がちがいます。私は私の家族のとおい従妹《いとこ》にあたるものですけれど、やはり家族の好みに賛同することができません。私はいつも国から持ってきた袴をはきたいと思っています。おやすみなさい」

長い会話を終ったのち私は楽譜をもって三五郎の部屋に出かけた。三五郎は栗のなくなった皿を鍵盤《けんばん》のうえにおき、そのそばに肱をつき、そして沈黙していた。私が三五郎の顔の下に楽譜をおくと三五郎は標題をよみ、それから表紙をはねて中の詩をよんだ。

「これは片恋の詩じゃないか。どうしたんだ」

「隣人から贈ってきたの」

三五郎はややしばらく私の顔をながめていたのち、独語をひとつ言った。

「どうもこのごろおかしいんだ。僕が電車を降りて坂を上ってくると、むこうは坂を下りてくる運びなんだが、夕方の坂というものは変なものだね。夕方の坂というものは、あれなんだ、すれ違おうとする隣人同志に、わざと挨拶を避けさしたり、わざと眼をそらさしたりするものなんだ。僕は、このごろ、僕の心理のなかに、すこし変なものを感じかかっている。僕の心理はいま、二つに分れかかっているんだ。女の子の頭に鏝《こて》をあててやると女の子の頸に接吻したくなるし、それからもう一人の女の子に坂で逢うと、わざと眼をそらしたくなるし、殊《こと》にこんな楽譜をみると……」

三五郎は急に立ちあがって部屋をでた。そしてすぐ帰ってきた。彼は一方の手に心理学の本を一冊抱え、一方の手には栗をひと掴み持っていた。そしてふたたび廻転椅子につき、小さい声で私にいったのである。

「一助氏はじつにふさいでいるね。寝そべって天井ばかしみているよ。栗なんかひと粒もたべていないんだ。（彼は手の栗を鍵盤のうえに移し、深い息を吐き）恋愛はみんなにとって苦しいものにちがいない」

それから彼は心理学のペエジを披《ひら》いた。私は佗しい思いでペエジのうえに眼をおとしたが、「分裂心理は地球の歴史とともに漸次《ぜんじ》その種類を増し、深化紛《ふん》糾《きゅう》するものにして」というような一節をよみかかったきり私はピアノのそばをはなれた。私はもはや一人の失恋者にすぎないような気がして、こんな難しい文章をよみ続ける気がしなかったのである。そして私は雑巾バケツのそばに坐り、波紋をみていた。

三五郎が急に本をとじてピアノの上に投げあげ、ピアノとともに片恋の楽譜を練習しだしたとき、私はこの音楽に同感をそそられる思いであった。そして私はふたたび三五郎のそばに立ち、片恋の唄をうたったのである。

片恋の唄は一助の同感をもそそったようであった。三五郎の部屋に出かけてきた一助はやはりズボンとワイシャツの服装でいて、彼はピアノに立てかけてある楽譜に顔を近づけ、しばらくのあいだは歌詞をよんでいた。表紙裏にいくつか並んでいる詩は「きみをおもえどきみはつれなし　草に伏《ふ》しきみを仰《あお》げどああきみは　きみはたかくつれなし」というような詩であった。

一助はついに小さい声で合唱に加わった。彼の楽才や声の美醜《びしゅう》についてはのべることを控《ひか》えなければならないけれど（それはただ、すこしも二助に劣《おと》らなかったからである）彼のうたいかたは哀切《あいせつ》をきわめていた。一句うたっては沈黙し、一句うたっては考えこみ、そして一助はいつまでも片恋の唄をうたったのである。

けれど私たちの音楽は、小野二助が勉強部屋にいてならべたひとりごとによって終りをつげた。それはごく控え目な、小さい声のひとりごとであった。「どうも夜の音楽は植物の恋愛にいけないようだ。家族たちの音楽はろくな作用をしたためしがない。宵《よい》にはすばらしい勢いで恋愛をはじめかかっていた蘚が、どうも停滞《ていたい》してしまった。この停滞は音楽のはじまると同時にはじまったものにちがいない。こんな晩に片恋の唄などをうたわれては困るんだ。一助氏まで加わって、三人がかりで片恋の唄をうたうやつがあるか。うちの女の子まで今日は悲しそうなうたいかたをするんだ。うたうくらいなら植物の恋情をそそるようなすばらしい唄を選べ」

いつしか雨がやんでいたので、私は一助のうしろから雑巾バケツをさげて三五郎の部屋をでた。廊下から部屋までのあいだ一助はただ頸を垂れて歩いた。

小野二助の二鉢目の蘚が花粉をつけたころ、垣根の蜜柑は色づくだけ色づいてしまい、そして佐田三五郎と私の隣人とは蜜柑をたべる習慣をもっていた。二助が多忙をきわめている夜、三五郎は二助に命じられてこやしの汲《く》みだしにゆき、そして長いあいだ帰ってこなかった。丁度私が二助の部屋に飯櫃《めしびつ》をはこんだとき、（これは二助と三五郎の徹夜にそなえるためで、飯櫃のうえにはべつに鍋一個、皿、茶碗《ちゃわん》各々二個、箸《はし》等のそなえがあった）二助はこやしを待ち疲れているところで、彼は火鉢と机と床の間とのあいだを行ったり来たりしていた。そして私にこやしの様子をみてくることを命じ、上っぱりのありかをたずねた。二助はいつになく制服のままでいて、私は昼間洗濯《せんたく》した上っぱりをまだ外に干し忘れていたのである。

目的の場処に行くと、三五郎はいなくてこやしの罎《びん》が二つ土のうえにならび、罎は空《から》のままであった。私は星あかりにすかして漸くそれを認めることができた。物干場は私のいる地点から対角線にあたる庭の一隅にあった。そして三五郎と隣人とは、丁度二助の上っぱりの下に垣をへだてて立っていたのである。

二助から命じられた仕事にとり掛ろうとして、私は、土のうえにいくらでも泪が落ちた。三五郎がそばに来たときなおさら泪がとまらなかったので、私は汲みだし用具を三五郎の手にわたし、そして上っぱりの下に歩いていった。

三五郎が女中部屋に来たとき、私は着物のたもとと共に机に顔をふせていて、顔をあげることが出来なかった。三五郎は室内にしばらく立ちどまっていたのち私のそばにあった上っぱりを取り、息をひとつして出ていった。その後三五郎が幾度来てみても私はおなじありさまでいたので、三五郎は一度も口をきかないで息ばかりつき、そして二助の部屋に帰っていった。

最後に三五郎が来たとき、私はあかりが眼にしみて眩《まぶ》しかったので、机に背をむけていた。丁度むこうの釘《くぎ》に一聯《いちれん》のかち栗がかかっていて、これは私の祖母が送ってくれた最後の一聯であった。そして私は羽織の両脇《りょうわき》に手を入れ、机にもたれ、この侘しい部屋かざりをみていたのである。

三五郎は机に腰をかけ、しばらくかち栗をながめていた。彼はなにかいいかかってすぐよした。私がふたたび泪を拭《ふ》いたためであった。三五郎はかち栗をはずして私の頸にかけ、ふたたび机にかけ、そして幾たびか鋭《するど》い鼻息をだした。これは三五郎が二助の部屋で吸った臭気《しゅうき》を払うための浄化《じょうか》作用のようであったが、耳のうえでこの物音をきいてるうちに私はだんだん悲しみから遠のいてゆく心地であった。三五郎は私の胸で栗の糸を切り、かち栗を一粒ぬきとり、音をたてて皮をむき、また一粒をたべ、そしていつまでもかち栗をたべていた。

三五郎の恋愛期間はこの後幾日かつづいただけで短く終った。けれど私はこの期間をただ悲しみの裡《うち》に送ったのである。隣人が夜学国文科から帰る時刻になると、三五郎はこやしがたまらないなどと呟きながら女中部屋に避難し、寝そべって天井をながめては呼吸していた。すると私は詩のノオトをもって一助の部屋に避難した。けれど一助が電気に風呂敷をかけ、そしてただ天井をみていることは私に好都合であった。私は一助に私の泪を気づかれないで時間を過すことができると思ったのである。

茶褐色の部屋のなかで、私はどてらの衿垢《えりあか》を拭いて一助の脚にかけたり、一助の上衣《うわぎ》にブラシュをかけたり、別なネクタイをとりだして壁《かべ》にかけたり、何か一助の身のまわりの仕事をさがした。そして仕事がなくなると一助の机にむかい、私のノオトに詩を書こうとした。一助の机の前には丁度彼の脚がはいっていていくらか狭《せば》められていたけれど、私はその脚と並んで坐り、一助の顔に背中をむける位置を好んだ。そして一助は私が脚のそばに行くと、ズボンにつつまれた彼の脚を隅《すみ》っこの方に片づけ、私の詩作のために彼の机を半分わけてくれたのである。けれど私は、はなを啜《すす》るのみで詩はなんにもできなかった。

家族のなかでかわらず勉強しているのは小野二助ひとりで、彼はすでに二鉢目の研究を終り、三つ目の蘚にとりかかっている様子であった。そして隣室のこやしの匂いや二助のペンの音は、私にひとしお悲しかった。

隣家の移転はひっそりしていて、私が家族たちの部屋を掃除《そうじ》しているあいだに行われたようであった。この日の午後私は二助の部屋でよほど長い時間を費してしまい、予定の雑巾がけを怠《おこた》ったほどで、これは私が二助の論文を愛誦《あいしょう》したからである。小野二助は学校に出かけるとき私に命じた——机のうえで最も黄いろっぽい鉢を床の間に移しといてくれ。この鉢はひと眼みただけでそれと解る色を呈《てい》しているから女の子も間ちがえることはないであろう。それから、女の子が僕の上っぱりを洗濯してくれたために僕自身が身ぎれいになって部屋のなかがきたなく見えるようだ。なるたけ清潔にしてみてくれないか。つまり僕の室内を僕の上っぱりに調和するように掃除すればいいわけだ、しかし、うちの女の子はこのごろすこしふさいでるね。このごろちっとも音楽をうたわないし、いまはうつむいて、何か黒いものを縫《ぬ》っているが、何を縫っているんだ。

私は黒い肱蒲団を一つ縫いあげ、二つ目を縫っているところであった。縫いあげた分は小野一助ので、縫っている分は私ののつもりであった。私は一助の室内をなにか賑《にぎ》やかにしたいと考え、ついに肱蒲団を思いついたのである。私の材料は、この幾日かを黒いかたまりとなってバスケットのなかに在ったボヘミアンネクタイであった。女中部屋はいろいろの意味から私に隠気《いんき》すぎるので、私は一助の机のそばで仕事をすることにした。鏝でボヘミアンネクタイの皺《しわ》をのばし、このネクタイについてのいろんな回想に陥り、そして私は、一助と私と揃《そろ》いの肱蒲団を作ろうと考えた。この考えは一助に対する同族の哀感の結果であった。

二助の問いに対して、私は一助の机の下にしまっていた肱蒲団をだしてみせた。

「いいねこの蒲団は。うちの女の子はなかなか巧《うま》いようだ。（これはすべて二助が私に与えるなぐさめであった）僕にもひとつ作ってくれないか。そうだ、僕は丁度きれいな飾《かざ》り紐《ひも》を二本もっている。（二助は境のふすまを開けて赤と青の二本の紙紐をもってきた）これは昨日僕が粉末肥料を買ったとき僕の粉末肥料を包装してあった紐だが、丁度肱蒲団の飾りにいいだろう。僕のを青くして女の子のを赤くするといいね。ふさいでないで赤い肱蒲団をあてたり、それからうんと大声で音楽をうたってもいいよ。僕は昨夜で第二鉢の論文も済んだし、当分暢気《のんき》だからね。今晩から僕はうちの女の子におたまじゃくしの講義を聴くことにしよう」

そして二助は学校に出かけたのである。

私は家族たちの部屋を掃除し、二助の部屋に対しては特に入念な整理を行い、命じられた鉢をも指定の場処に移し、それから論文をよんだ。

「余ハ第二鉢ノ植物ノ恋情触発ニ成功セリ。

第一鉢――高温度肥料ニヨル実験

第二鉢――中温度肥料ニヨルモノ

第三鉢――次中温度肥料

第四鉢――低温度

今回成功ヲ見タルハ余ノ計画中第二鉢ニアタル鉢ニシテ、右表ノゴトク中温度肥料ニテ栽培《さいばい》ヲ試ミタル蘚ナリ。

余ハ此処《ここ》ニ於《お》テ、今回ノ研究ニ際シテ余ガ舐《な》メタル一個ノ心理ヲ語ラザルベカラズ。即《すなわ》チ余ハ今回ノ開花ヲ見ルマデノ数日間ヲ焦慮《しょうりょ》ノ裡ニ送リタリ。花開カムトシテ開カズ、情発セムトシテ発セズ。実ニ焦慮多キ数日間ナリキ。而《しこ》ウシテ、余ノ植物ノ逡巡《しゅんじゅん》低徊《ていかい》ノ状態ハ、余ニ一個ノ懐疑《かいぎ》ヲ抱《いだ》カシムルニ至レリ。

余ハ懐疑セリ——余ノ植物ハ分裂病ニ陥《おちい》レルニ非《あら》ズヤ、アア、分裂患者ナルガ故ニ斯《か》ク逡巡低徊ヲ事トスルニ非ズヤ。

余ノ斯《か》カル思想ハ、余ノ恐怖悲歎《ひたん》ニアタイセリ。余ハ小野一助ノ研究資料トナルゴトキ分裂性蘚苔類ヲ培養《ばいよう》セル者ニ非ズシテ、常ニ常ニ健康ナル植物ノ恋情ヲ願エル者ナリ。然《しか》ルニ、余ノカカル態度ニモ拘《かかわ》ラズ、余ノ植物ハ徒《いたず》ラニ逡巡低徊シテ開花セザルコト恰《あたか》モ一助ノ眷恋《けんれん》セル患者ノゴトシ。

以上ノゴトク不幸ナル焦慮期間中ニ、一夕《いっせき》、余ハ郷里ノ栗《くり》ヲチョコレエト玉《だま》ト誤認セリ。余ノ視野ノハズレニ一皿ノチョコレエト玉ノ現レタルハ、余ガ机上ニテ二本ノ蘚ノ比較ヲ試ミ居タル時ニシテ、一皿ノチョコレエト玉ハコトゴトク銀紙ノ包装ヲノゾキ、チョコレエト色ノ皮膚《ひふ》ヲ露《あら》ワシ、多忙ナル余ノ食用ニ便ナル玉ナリ。余ハコノ心ヅクシヲ心ニ謝《しゃ》シ、乃《すなわ》チ一個ヲトリテ口辺ニ運ブ。而ウシテ、アア、コハ一粒ノ栗ナリキ」

二助の論文はなお長くつづいていて、栗とチョコレエトを間ちがえた心境などをもし一助に語るならば、一助はすぐ二助を病院に運ぶから、極秘に附《ふ》しておかなければならないことや、二鉢目の蘚が将に花をひらこうとする状態のまで数日間ためらっていたのは、これはまったく中温度肥料を用いたせいで、二助の蘚は決して分裂病ではなく、非常に健康な恋愛をはじめたことなどを委しく記録してあった。

論文の終ったとき、私は障子のあいだから、家主の老人が蜜柑を収穫している光景をみた。この収穫はいつからはじまったのであろう。私は障子をもうすこしあけ、二助の土鍋のそばに坐って庭の光景をながめていた。老人は毛糸のくびまきを巻いていて、さしわたし七分にすぎない蜜柑を一つもぎ、足もとの小さい笊にいれ、また一つもぎ、垣根に沿ってすこしずつ進んだ。笊がいっぱいになると大きいぬの袋《ぶくろ》に蜜柑をあけ、また収穫をした。ぬの袋には口からすこし下ったところに太い飾紐がつき蜜柑の木蔭《こかげ》に丁度きんちゃくの形で据《すわ》りよくおいてあった。そして私はこんなに大きくて形の愛らしいきんちゃくを曾つて見たことがなかった。これはたぶん家主の老人が晩秋の年中行事のために苦心して考案した品であろう。私に気づいたとき家主は蜜柑をざっと一杯はいった笊を手にして縁にきたが、しかしこの老人は私の頭に対してよほど奇異《きい》な思いをしたようであった。私は丁度、二助のノオトを読んでいたとき頭髪をうるさく感じたので、近くにあった紐ゴムの環を頭にかけ頭髪を宙に浮かして耳や頸を涼《すず》しく保っていたのである。家主は漸く笊の蜜柑を縁にあけ、私に硯《すずり》と紙とをもとめ、一枚の貸家札をかいた。そして小さい字の註《ちゅう》をひとつ書き加えたのである。「隣家にピアノあり、音楽を好む人をのぞむ」——たぶん隣家の先生は従妹《いとこ》の心理状態などをすべて三五郎のピアノにかこつけて引越しを行ったのであろう。家主の老人は、どうもあのピアノは縁喜がよくない様だなどと呟きながら私に糊《のり》をもとめたので、私は一塊《ひとかたまり》の御飯を老人の掌《てのひら》にはこんだ。

私の隣人は手紙をひとつ三叉の穂に托《たく》し、蜜柑の木から私の居間の窓にわたしていて、私がそれを手にしたのは夕方であった。丁度私の窓さきまで収穫をすすめてきた家主は何かおまじないのようなものがあるといって私に注意したのである。

「昨夜、夜ふけに私の家族が申しますには、私に神経病の兆候《ちょうこう》があるようだからもうすこし静かな土地へ越した方がいいであろう、心臓病のためにもピアノのない土地の方がいいであろうと申しました。私は急に悲しくなって、御家族から六度ばかり蜜柑をいただいたことや、蜜柑はいつも半分ずつであったことや、それから三叉の穂で会話をとり交《かわ》したことをみんな言ってしまいました。私の家族は、そんなかけ離れたふるまい、そんなかけ離れた会話法は、それはまったく神経病のせいだから、いよいよ土地を変えなければならないと申しました。そして体操学校の規則書をとる手つづきをいたしました。でも御家族と私とのとり交《か》わした会話法は家族の思っているほどかけ離れたものではないと思います。私の国文教科書のなかの恋人たちは、みんな文箱という箱に和歌などを托して——ああ、もう時間がなくなりました。私の家族はすっかり支度のできた引越し車のそばでしきりに私を呼んでいます」

私がいくたびかこの手紙をよんだころ、家主の老人はぬの袋を背にして帰途《きと》についた。老人の背中はきんちゃく型の袋で愛嬌《あいきょう》深く飾られていた。そして私の家庭の周囲には一粒の蜜柑もなくなり、ただ蜜柑の葉の垣が残ったのである。

私の恋愛のはじまったのは、ふとした晩秋の夜のことであった。この日は夕飯の時間になっても一助が勤めから帰って来なかったので、食卓に集ったのは二助と三五郎と私とであった。そして食事をしたのは二助と三五郎の二人にすぎなかった。私は二人の給仕をつとめながらまだ一助の身の上を思っていたのである。

食事を終って勉強部屋に帰った二助は、小さい声で呟いた。

「一助氏はどうしたんだ。あてどもない旅行にいってしまったのか」

三五郎はしばらく食卓に頬杖をついていたのち私の部屋に行き、私の机に頬杖をついた。そして三五郎は頬杖をしない方の手で私の肱蒲団を持ってみたり、私のスタンドを置きなおしてみたり、私のヘヤアイロンで彼の頭をはさんでみたりしたのである。三五郎は茶の間と台所のさかいも、台所と女中部屋のさかいも閉めないでいたので、彼の動作は食卓のそばの私にもみえた。三五郎はついに彼の部屋に行き、「みちくさをくったジャックは　ねむの根っこに腰をかけ　ひとり思案にしずみます」というコミックオペラをすこしばかりうたった。これは、はじめ赤毛のメリイを愛していたジャックが途中で道草をはじめて黒毛のマリイと媾曳《あいびき》をして、そしてしまいにはまた赤毛のメリイが恋しくなったというような仕組のオペラであった。三五郎は元気のないうたい方でジャックの心境をすこしばかりうたい、しばらく沈黙し、それから外に行ってしまった。そして彼と入違いに八百屋《やおや》の小僧《こぞう》が電話を取りついできたのである。

「柳　浩六《やなぎこうろく》の宅から小野一助様の御家族に申上げます」

八百屋の小僧が電話の覚書をこれだけ読みあげたとき、小野二助が出てきて覚書をとり、そして部屋に帰った。私も二助の部屋について行くと、二助は小僧のつづきを次のとおり読みあげた。

「小野一助様は今日夕刻主人柳浩六と同道にて心理病院より当方に立寄られ、夕食は主人とともにしたためられました。御心配下さいませぬよう。さて夕食後、小野一助様は主人柳浩六と主人居間にていろいろ御相談中でありますが、何やらお話がこみ入ってまいりまして、御両人は急に大声でどなり合い、また急に黙ったりなされます。お話は心理病院に入院中の患者様につきまして、御両人が知己《ちき》あらそいをして居《お》られる様子に見受けます。一方が十三日に主治医になったと申されますと、いま一方は既《すで》に十二日には予診室にて知己になったと申されますやら、よほど難かしい打合せになりました揚句《あげく》、小野一助様の申されますには、一助様の本棚のもっとも下の段に『改訂版《かいていばん》分裂心理辞典』と申す書籍がありまして、その左側に茶色の紙で幾重にも包んだ四角形の品があり、それを至急持参してもらいたいと申されました。四寸に五寸くらいの四角形と申されます。火急の折から使者はどなた様にてもよろしく、要はひと足も早く御来着下されますよう」

二助は一助の部屋で指定の品をさがし、三五郎の部屋に行ったが、三五郎はまだ不在であった。二助は部屋に帰って来て指定の品を私に与えた。

「僕が行くと非常に手間どるから、使者は女の子がつとめてくれないか。この電話をかけた老人は柳浩六氏の家に先代からつとめている従僕で、僕の顔をみるとたちまち懐古性《かいこせい》分裂に陥るんだ。浩六氏や一助氏が心理病院につとめていることを非常に恐怖して、僕が百姓の学問をしているのを非常に好んでいるからね。だから僕の顔を見ると電話のとおり鄭重《ていちょう》な用語でもって浩六氏の親父《おやじ》のはなしを四時間でもつづけるんだ。困る。では道順を説明してやろう」

二助は丁度手近にあった新聞紙に大根や林の形を描き、彼の学問にふさわしい手法で道順を説明した。

「通りを横ぎってバナナの夜店のうしろから向うにはいって行くんだ。少し行くと路《みち》の両側が大根畠になっているだろう。するともう遠くの方で鶏小舎《にわとりごや》の匂いが漂《ただよ》ってくるから（二助は一本の大根のうえに湯けむりのような線の細いものを四五本描いた。これは私が大根畠にさしかかったとき匂ってくるはずの鶏小舎の匂いであった）この匂いを目あてに歩けばいいんだ。するとだんだん鶏《けい》糞《ふん》の匂いがはっきりして来て、しぜんと鶏小舎に突《つ》きあたるからね。（鶏小舎を一棟描き）幾棟も鶏小屋がならんでいて、僕はこの家でときどき肥料を買うことにしている。ここの鶏糞は新鮮《しんせん》で、非常に利《き》くんだ。（二助はここで椅子からふり返り、室内の肥料の様子を見わたした。けれど二助はすこし落ちつきすぎていないであろうか。私はいま火急の使者に立たなければならないのである）丁度僕の鶏糞がきれかかっているから今晩買ってきてくれないか。鶏の糞を一袋といえばいいんだ。一助氏の話はどうせ長びくにきまっていて帰りには肥料屋が寝てしまう虞《おそ》れがあるから、行きに買っといてくれ。肥料を買ったのち右の方をみると楢《なら》林があって、そのさきのある一軒屋が柳浩六氏の家だよ。

解ったろう」

二助は鉛筆をおき、なお二三の注意を加えた。玄関をはいると稀薄《きはく》な香気に襲《おそ》われるような心理が涌《わ》くが、これは浩六氏の親父が漢法の医者であった名残《なご》りだから平気だ。ただ、従僕の老人が何処にいてもなるたけ彼の方を省《かえり》みないようにしろ。彼はよく玄関の椅子《いす》にかけていたり、炉の部屋にいたりする習慣をもっているが、彼がたとい玄関口の椅子にいて眼をあいていても、なるたけ知らない顔で通過することだ。でないと老人はたちまち昔ばなしをはじめ、先代の先生の頃《ころ》には当病院の玄関は患者の下足《げそく》でいっぱいでしたといい始める。帰りは一助氏を待っていて一緒《いっしょ》に帰ったらいいだろう。

電話を受けとってからもうよほどの時間がたっていたので、私はいそいで毛糸のくびまきをつけ、そして出かけた。通りの街角で私は三五郎の後影《うしろかげ》をみとめた。彼は銭湯に行く姿で夜店のバナナをながめていたのである。

大根畠にさしかかると寒い風が私の灰色のくびまきを吹き、私の頭髪を吹いた。私は三五郎のことを考えて哀愁に沈みながら歩いたので、二助に命じられた買物を忘れるところであったが、すこし後もどりして一袋の鶏糞を買った。そして私は一助にわたす品を左手に抱え、二助の買物を右手にさげて柳浩六氏の玄関に着いたのである。

丁度玄関の椅子はからで（これは三五郎の廻転椅子よりももっと古びた木の腰かけであった）従僕の老人は室内の炉の前で居ねむりをしていた。そして私は深い頬《ほお》ひげに包まれた従僕の顔を見たときはじめてあたりにただよっている古風な香気を感じ、そしてこの建物が私たちの住んでいる家屋にも増して古びていることに気づいた。

炉の部屋を横ぎって廊下に出ると病室のなごりらしい部屋が二つ三つならんでいて、いちばん奥のが柳氏の勉強部屋になっていた。室内では柳浩六氏と小野一助とが椅子にかけ、そしてたぶん使者を待ち疲れたのであろう、二人とも深い沈黙に陥っていたのである。私は肥料の袋を一助の椅子の後脚にもたせかけ、それから指定の品を一助にわたした。この品は小包み用の紐で緻密《ちみつ》に縛《しば》りつけてあったので、一助は茶色のなかから彼の日記帳をとりだすまでによほど手間どった。それから彼は日記帳ばかりみていて柳氏に言った。

「みろ、僕の気もちは日記帳に文字で記録されている。十三日、新患者入院、余主治医となる。隠蔽性分裂の兆候《ちょうこう》あり。心惹《ひ》かるること一方《ひとかた》ならず、帰宅してのちまでも――」

「しかし君のうしろにはまだ使者の女の子が立っているんだ。そんな話題はしばらく止《よ》せ」

私は一助のうしろで頭を幾つかふり、くびまきを取った。私の頭髪は途上の風に吹かれたままで、額や耳に秩序《ちつじょ》もなく乱れている様子であった。

柳氏は一助のとなりに椅子をひとつ運び、そして私をかけさせた。

「僕は、どうも、いま、変な心理でいるんだ。君のうちの女の子の顔を何処かで見た気がする」

「小野二助だろう。二助が勉強している時の顔と、うちの女の子がすこしふさいだ時の顔とは、いくらか似ているようだ」

「どうも小野二助ではないようだ」

「変なことをいってないで話をすすめようじゃないか」

「しかし僕たちの話題に女の子がいては困るよ。それから僕は、どうも、君のうちの女の子が誰かに似ていて、思いだせなくて困る。こんな問題というものは思いだしてしまうまで他の話題に気の向かないものだ」

　柳氏が本棚の前を歩いたり、また椅子にもどったりしているあいだに私は空腹を感じてきた。私はまだ今日の夕飯をたべていなかったのである。このとき丁度柳氏は廊下に立って老僕をよび、私のために何かうまいものを買ってくるように命じた。老僕はその命令は素直に受け、そして次のように口説《くど》いた。

「若旦那《わかだんな》様、もはや心理病院なぞはやめて下さりませ。きっぱりとやめて下さりませ。心理医者なぞは医術の邪道《じゃどう》でござります。況《いわ》んや小野一助様と御両人で、一人のヒステリ女を五時間もあらそわれるとは！　ああ、これもみな御両人様が分裂病院なぞと申すも邪道に踏みまよって居られる故《ゆえ》でございます。あのような病院とはきっぱり縁をきり、先代の先生がのこされた当病院を——」

「早くうまいものを買ってこないか」

柳浩六氏は部屋に帰るなり本棚から一冊の書籍をぬきだし、そして早速目的のペエジを披《ひら》いた。

「いまうちの老人の愚痴《ぐち》をきいてるあいだに僕は思いだしたよ。うちの老人の思想はただうるさいだけだが、不思議に忘れたものごとを思いださせる。懐古性分裂者の思想は、何か対手《あいて》の忘却《ぼうきやく》にはたらきかける力を持っているのか。(これは柳氏が一助に問いかけた学問上の相談のようであったが、一助は頭をひとつふっただけで答えなかった。彼はいろんなことがらのために話の本題に入れないのを不本意に思っている様子であった）ともかく君のうちの女の子に似ていたのはこの写真だよ。これで僕の心理は軽くなったようだ。似てるだろう」

一助はあまり興味のないありさまで書籍をうけとり、一人の女の小さい写真をながめ、それから私には独逸《ドイツ》文字か仏蘭西《フランス》文字かわからなかったところの文章をすこしのあいだ読んだ。そのあいだ私は女の写真をながめていたが、この写真はよほど佳人《かじん》で、到底《とうてい》私自身に似ているとは思われなかったのである。

「似ているだろう」

柳氏が賛成を求めたのに対して一助は私とおなじような意見をのべた。

「どうも異国の文学を好む分裂医者というものは変な聯想《れんそう》能力をもっているようだ。この女詩人とうちの女の子とは、ただ頭髪が似ているよ。こんなだだっ広い類似なら何処にでもころがっている」

そして一助は書籍をとじ、私の椅子の肱かけにおいた。私はその書籍をもって部屋をでた。私は二人の医師の話題を何処かに避けなければならないのである。

丁度次室の扉《とびら》の前で私は老僕と出逢った。老僕は懐古の吐息とともに、皿と土瓶《どびん》と茶碗とをのせた盆《ぼん》をはこんできた所であった。そして私は老僕の導くままに次室の客となった。老人があかりをつけると此処はたたみの部屋で、一隅に小さい机がひとつあり、丁度私が書物をみるのに好都合であった。老人は机のうえに盆をおき、そして彼の懐旧心を私に語りたい様子であった。けれど私は彼に対して拒絶の頭をふり、そしてすこし湧《わ》いてきた泪を拭いた。ふかい頬ひげのなかから洩れてくる彼の言葉はただ哀愁を帯びていて、私はふたたび聞くこころになれなかったのである。老人は両《ふた》つの掌で私の顔を抱き、そして無言の裡《うち》に出ていった。私は泪を拭きおさめ、塩せんべいにどらやきを配した夕食をたべながら書籍のペエジをさがしに掛《かか》った。これは何処かの国の文学史であろうか。それともその国の詩人たちの作品集であろうか。ペエジのところどころに男の写真があり、たまに女の写真があって、そして他の箇処《かしょ》は私にわからない文字で埋《う》められていた。

隣室ではすでに柳氏と一助の話がはじまっていて、これはまったく老僕の見解どおり、二人の医師が一人の入院患者に対する論争であった。たがいに日記をしらべて患者と知己になった遅速《ちそく》をくらべたり、決して口を利かない沈黙患者が態度でもって二人に示した親愛を論じたり、そして交渉《こうしょう》は尽きないありさまであった。

二人が非常にながい沈黙におちいっているあいだに、私はよほど部厚な書物のなかから漸く目的のペエジをさがしあてることができた。この異国の女詩人ははじめ私が一助の横からみたほどに佳人ではなかった。私はペエジを横にしたり縦《たて》にしたり、いくたびかみた。そしてこの詩人は、やはり一人の静かな顔をした佳人で、そして私はいつまでこの詩人をみても、やはり柳浩六氏の見方に賛同するわけにいかなかった——私自身は佳人に遠いへだたりをもった一人の娘にすぎなかったのである。

辺《あた》りが静寂すぎたので私は塩せんべいを止《よ》してどらやきをたべ、そしていつまでも写真をみていた。そしてついに私は写真と私自身との区別を失ってしまったのである。これは私の心が写真の中に行き、写真の心が私の中にくる心境であった。この心境のなかで急に隣室の一人が沈黙を破った。私にはどっちの声かわからなかったが、

「ああ、僕はすこし煩瑣《はんさ》になってきた。ありたけの論争ののちには、こんな心理が生れるものか。僕は病院の女の子を断念してもいい心境になったようだ」

するともう一人が僕は断念するといい、また一方が僕は断念したと宣言した。彼等は競争者のいない恋愛に、はりを失った様子であった。そしていまは私も夕食とあついお茶のために睡気《ねむけ》をおぼえ、そしてついに写真のうえに顔を伏《ふ》せてしまった。隣室の友人同志はしずかに何かを語りあっているようであった。

「僕はいよいよこの家を引きあげることにしよう。漢法薬の香気はじつに人間の心理を不健康にするからね。僕が君の患者に心を惹《ひ》かれたのも、まったく僕がこんな古ぼけた親父の病院に住んでいたからだよ」

「しかし君のうちの老人が承知しないだろう。老人はこの建物のほかに住み場所はないと思っているからね」

「それもまったく漢法薬の香気のためだよ。うちの老人の懐古性分裂はこの建物を出ればその場で治ってしまうよ。何にしても僕は君の患者を断念すると同時にこの建物がいやになった。僕は何処か遠い土地に行くことにしよう」

この会話をなごりとして私は睡りに陥った。

私は自分でたてた皿の音によって仮睡からさめた。隣室も家のなかもただ静寂で、古風な香気だけがあたりを罩《こ》めていた。私が隣室にいってみようと思ったとき、丁度柳浩六氏が境の扉から顔をだした。氏はたぶん机のうえで私が動かした皿の音をききつけたのであろう。「女の子はまだ待っていたのか」

そして氏は机のそばに来て、塩せんべいを一枚たべながら書物の写真をしばらくながめ、それから私をながめた。

「一助氏はさっき帰ったから、僕が送ってやることにしよう」

老僕は丁度玄関の椅子で居睡りをしていて、椅子の脚のところには私のくびまきと肥料の袋とが用意してあった。そして私は毛糸のくびまきをつけ肥料の袋をさげて廃屋《はいおく》のような柳氏の居間を出たのである。

楢林から鶏小舎を経て大根畠の路を歩くあいだ、柳氏は書物のなかの詩人について私に話してくれた。彼女はいつも屋根部屋に住んでいた詩人で、いつも風や煙《けむり》や空気の詩をかいていたということであった。そして通りに出たとき氏はいった。

「僕の好きな詩人に似ている女の子に何か買ってやろう。いちばん欲しいものは何か言ってごらん」

そして私は柳浩六氏からくびまきを一つ買ってもらったのである。

私はふたたび柳浩六氏に逢《あ》わなかった。これは氏が老僕とともに遠い土地にいったためで、氏は楢林の奥の建物から老僕をつれだすのによほど骨折ったということであった。私は柳氏の買ってくれたくびまきを女中部屋の釘《くぎ》にかけ、そして氏が好きであった詩人のことを考えたり、私もまた屋根部屋に住んで風や煙の詩を書きたいと空想したりした。けれど私がノオトに書いたのは、われにくびまきをあたえし人は遥《はる》かなる旅路につけりというような哀感のこもった恋の詩であった。そして私は女中部屋の机のうえに、外国の詩人について書いた日本語の本を二つ三つ集め、柳氏の好きであった詩人について知ろうとした。しかし、私の読んだ本のなかにはそれらしい詩人は一人もいなかった。彼女はたぶんあまり名のある詩人ではなかったのであろう。

「第七官界彷徨」の構図その他

以下主として「第七官界彷徨」の意図、計画、企《くわだ》ての方面について、思い浮ぶままの短い報告をいたします。

他の場合でもよく陥《おちい》る癖《くせ》ですが、この作ははじめに場面の配列地図とも名づくべき図を一枚製作し、その後にペンをとりました。普通のときには配列地図などという真面目《まじめ》な心理からではなく、ただ一枚の紙に鉛筆で幾何学《きかがく》の図のような円や三角を描いたり、時には風車のような形、時には蜘蛛《くも》の巣のような形を描いたりして、それに文字や符号で場面の覚書《おぼえがき》のようなことを書きつけている中に頭がまとまり、ペンを下すきっかけになるという風な場合が多いのですが、この作ではそんなお気分的な心理からでなく、すこし開きなおった心理で、作にとってぜひ必要な製図を行いました。というのは、この作ではできるだけ説明を拒否し、場面場面の描写で行きたいという意図を持つと同時に、一つの場面は、この場面に登場した人物の心理や行動も、この場面に登場した小さい品物も時には人物の会話によってはじめて登場してきた事柄などをもこめて、何等《なんら》かの意味で前後の場面と必要な関係を保ったものとしたかったのです。（たとえばボヘミアンネクタイや垣根の蜜柑《みかん》なども、一度だけで姿を消してしまわず幾度か出没させたいと思い、なるたけその可能性のある品を選ぼうとしました）そしてこんな意図のためには、配列地図もかなり緻密《ちみつ》にしておく必要を感じたわけです。

この作の図は丁度《ちょうど》鉄道地図のような具合で、駅名に相当する円のなかに「祖母と小野町子」などと人物を書き、線路に相当する線を幾《いく》つかに切って「バスケットと祖母」「美髪料《びはつりよう》と祖母」などの小場面をならべ、なお必要な箇所《かしよ》には人物の心理やポオズも簡単に書いておきました。また「小野二助の部屋と小野町子」などの駅名をもった場面を設けると、用紙の中程の余白に小野二助の部屋を描き、机や床の間の位置をきめたり、机の上には細かい字で二助の用具の頭文字《かしらもじ》を並べてみたりしました。

こんな調子でペンをとる前に最後までの予想場面を書き終り、そこからこの図にしたがってペンをとったのですが、書いて行く中に地図に不備や無駄が出てきて、そのたびに地図に書加えを行いつつペンを進めました。そのためにこの配列地図は作が終りに近づくにしたがって真黒に書き埋められ、色鉛筆の符号がつき、そして恐《おそ》らく製作者以外の人には何物とも判断のつかない惨状《さんじよう》を呈《てい》しました。

しかしこの図で大体の構図は終ったわけで、ペンをとってからは製図のとき一度頭に描いた場面をふたたび頭の中に描き、それを描写しつつ進めばよかったわけです。ただペンをとった後で困ることは、場面場面はすでに一つの絵画として頭の中に描かれているのにそれを言葉で描こうとするとき言葉の洪水《こうずい》に出逢ったり、言葉の貧困《ひんこん》に陥ったりすることです。言葉はつねに文学の強敵だと思います。

登場人物達の性格の色分けは問題とせず、むしろ彼等を一脈相通じた性情《せいじょう》や性癖《せいへき》で包んでしまうことを望みました。彼等は結局性格に於《お》ける同族者で、被害妄想に陥り易くて、いたって押しの強くない人物どもです。こんな心理は現代の人間たちが共通して抱いている一種の時代心理とも呼び得るでしょう。しかし私はこの作に於《おい》てそんな時代心理を正面から取扱《とりあつか》う意図を持ちませんでした。私はただ、正常心理を取扱った文学にはもはや読者として飽きていますので、非正常心理の世界に踏み入ってみたいと希望しただけです。そのために、彼自らもどうかすると分裂心理病院に入院する資格を持ちそうな心理医者を登場させたり、特殊な詩境《しきょう》をたずね廻っている娘や、植物の恋情《れんじょう》研究に執心している肥料学生や、ピアノの音程のために憂愁《ゆうしゅう》に陥る音楽学生を登場させ、そして彼等の住む世界をなるたけ彼等に適した世界とすることを願いました。

そこで、彼等の住むに適した世界とは、あながち地球運転の法則にしたがって滑《なめら》かに運転して行く世界ではありません。

第一人称を使用して小説をかく場合の易点難点については、いま委《くわ》しくのべる時間を持ちませんが、この種の小説は、描こうとする世界すべてを「私」と称する人物を通して観《み》たり聴いたりしなければならないので、それが一つの大きい制限となって作者に臨《のぞ》んで来るようです。たとえば「私」以外の人物の心理描写の必要な場合のごとき。こんな場合に出逢ったとき、その人物の動作だけで足りない箇所《かしょ》は、独語《どくご》のかたちのせりふを試みました。一二の例を挙げれば、佐田三五郎が壁のボヘミアンネクタイに向って呟《つぶや》く独語や、朝の食卓で小野一助が浜納豆《はまなつとう》と彼の心臓の関係についてのべる独語です。

これらの独語は、それがせりふである以上、外形は各人物の口から出る言葉の形をそなえていますが、発生原因に溯《さかのぼ》れば作者が第一人称使用小説から受けた束縛《そくばく》からの逃げ路《みち》で、「私」以外の人物の心理描写の代用独語です。

作中人物たちの口を通して私は多くの独断的な心理上の新造語《しんぞうご》をつくってしまったようです。むかし文学の先生から、

「おん身ら仮令《たとい》ペンをとる境涯《きょうがい》に入るとも、新造語の創始者となる勿《なか》れ。新造語はその創始者の思想的修練不足の告白にして、且《か》つ寡読《かどく》の暴露《ばくろ》なればなり。されればおん身らつねに多読につとめ、読者に於《おい》て三たび以上眼にふれたる言葉にて文章を綴《つづ》るべし。ゆめ独断的新造語を弄《ろう》する勿れ」

という講義を聴きましたが、その講義に対する「懐古《かいこ》性《せい》分裂」に陥りつつも、私は新造語製造の罪を犯してしまいました。もしギリシャ神話の中に言葉の神様が居《お》られたらこのような新造語の数々は神様の苦笑にあたいするでしょう。

さて私はここで、このような新造語の由来について語る運びになりました。「分裂心理学」というのも、これもまったく私の独断的命名によるナンセンス心理学ですが、この心理に属する「懐古性分裂」その他これに類する心理上の新造語の数々は、それらの言葉が登場してくる場面（この作の中ほどに位置する小野一助と小野二助との朝の会話の場面）とともに、遠いみなもとをフロイドに発しているものです――こんなことを堂々といったら、フロイドは固《もと》より、心ある精神分析研究者たちは苦笑されるにきまっていますから、私は小さい声で次の説明を追加しなければなりません。

小さい声で言わなければならないほどに私はフロイドの世界を知らなすぎる癖をしていて、しかもその世界に多大の心を惹《ひ》かれている者です。何故なら、私なりの言葉で言うことを許されるならば、フロイドは非正常心理の世界を我々に示してくれたからです。そして私は、すでに告白したとおり正常心理を取扱った文学境地には、もはや飽きている者です。しかし私は不幸にしてまだフロイドの苦笑を招かないだけの精神分析研究者ではありません。過去に精神分析に関する二三の書を漫然《まんぜん》と散読《さんどく》したにすぎず、それも今日ではもはや記憶から遠いものとなり果てています。それで私はこの作の構図に際して、作者の頭の背景としてそれ等《ら》の書をもう一度読んでおきたいと思いましたが、もはや手許《てもと》にないのでそれも許されない始末でした。そこで私はこの作でナンセンス精神分析しか行う資格を持たなかった次第です。それで人物の一人に分裂心理医者をもって来ると同時に、他の人物も何等かの点でフロイドのお世話になれそうな人物を集めてみたくなりました。こうして出来たのがまるでフロイドに縁《えん》のない会話と、まるでフロイドの苦笑にあたいする新造語です。私はギリシャの神話と、文学の先生と、フロイドとに詫びなければならないでしょう。

この作は全篇の約七分の四をすでに雑誌「文学党員」に発表したものですが、全篇を通して「新興芸術研究」に発表して頂くに際して、すでに発表した部分の数ケ所に短い加筆を行い、また劈頭《へきとう》の二行を削除しました。この加筆はただ部分部分の言葉不足を補うための短い加筆で、全篇の構図に全然関係を持っていませんが、劈頭の二行を削除したことは、最初の構図の形状をまったく変形させる結果を招きました。最初の意図では、劈頭の二行は最後の場面を仄示する役割を持った二行で、したがって当然最後にこの二行を受けた一場面があり、そして私の配列地図は円形を描いてぐるっと一廻《まわ》りするプランだったのです。それが、最初の二行を削除し最後の場面を省いたために、結果として私の配列地図は直線に延《の》びてしまいました。

この直線を私に行わせた原因は第一に時間不足、第二にこの作の最後を理におとさないため。

しかし私はやはり、もともと円形を描いて製作された私の配列地図に多くの未練を抱いています。今後適当な時間を得てこの物語りをふたたび円形に戻す加筆を行うかも知れません。

解説

菅聡子

女性作家としての尾崎翠《おさきみどり》の生涯は、あるひとつの悲劇のかたちとして語られることが多かった。——忘れられた作家の悲劇。はたしてそうだろうか。まずは、その「悲劇のかたち」をたどってみることにしよう。

尾崎翠は、一八九六（明治二十九）年十二月二十日、鳥取県に生まれた。奇しくもこの年は、樋口一葉の没した年でもある。父・尾崎長太郎は教員で、翠の出生時には小学校の首席教員の地位にあり、母・まさの実家は真宗本願寺派の寺であった。三人の兄と三人の妹にはさまれ、ちょうどその真ん中にいた翠は、兄たちにとっては妹であり、妹たちにとっては頼れる姉であり長女でもあった。この家族内の翠の場所は、小説の世界においてはしばしば〈妹〉の物語としてその独特の視点を形づくり、一方、現実の生活においては、一家のために献身的に尽くす長女の役割として彼女を束縛することになった。

翠が鳥取女学校に入学した年、父が不慮の事故で亡くなり、一家は精神的にも経済的にもよりどころを失った。とは言え、翠は女学校本科卒業後、さらに補習科に進んだし、長兄は海軍兵学校、次兄は龍谷大学、そして三兄は東京大学を卒業しており、かなり恵まれた教育環境にあったと言ってよい。補習科卒業後、十八歳の翠は、小学校の代用教員として勤め始めた。代用教員とは、正規の教員免許状を持たない、無資格教員のことだが、実際のところ、戦前の小学校教育の多くは代用教員によって担われていた。石川啄木や田山花袋、新美南吉らも代用教員経験者である。

このころから、翠はさまざまな文芸雑誌等に短歌や短文を投稿し始めている。優秀作に選ばれることもしばしばで、吉屋信子とならぶ雑誌投稿欄の注目株となった。明治から大正にかけて、地方在住の作家志望の女性たちにとって、少女雑誌や文芸雑誌の投稿欄は、上京し作家になるための希望の道のひとつだった。とくに少女雑誌の投稿欄では、少女たちによる読者共同体が形成され、投稿者たちへは熱心なエールが送られた。吉屋信子を筆頭に、この投稿欄から生まれた女性作家は多い。尾崎翠もその一人だった。

一九一九(大正八)年、二十三歳のとき、翠は日本女子大学国文科に入学し、念願の上京を果たす。この大学生活が翠にあたえた最大の贈り物は、生涯の親友・松下文子との出会いであった。翌年、兄の異母妹への屈折した感情を描いた「無風帯から」が『新潮』に掲載され、文壇への登場を果たしたかに見えたが、その後の道のりは順調とは言えなかった。鳥取と東京の間を往復しながら創作を続ける翠を、励まし続けたのは松下文子だった。商業文芸誌への作品掲載が問題となり、翠は大学をやめることになったが、翠に続いて自らも大学を退学した文子は、経済的にはもちろんのこと、人見知りが激しい翠にかわり、作品の持ち込みや編集者との交渉にも尽力し、終始、彼女を支えた。上落合に移り住んでからは、翠の人柄を慕って、まだ無名の林芙美子が訪れるようになったが、彼女の初めての詩集『蒼馬を見たり』は、翠が発行元・南宋書院へ紹介し、出版費五十円は松下文子の援助によって刊行されている。女性たちの友情、シスターフッドの絆が、女性作家の誕生にどれほど意義深いものであるか、その一例と言えるだろう。

少女小説等の執筆を重ねながら、雌伏《しふく》のときを過ごした翠が、昭和モダニズムを代表する作家としての本領を見せ始めるのは、一九三〇（昭和五）年以降のことである。作品発表の舞台として『女人芸術』（主宰・長谷川時雨）を得た彼女は、前年の戯曲「アップルパイの午後」につづき、「映画漫想」の連載を始めた。翠の小説表現に、モンタージュ等の映画の手法が有効に使われていることはよく指摘されているし、チャップリンへの賛辞としてのユーモアとペーソスの融合への着目は、そのまま彼女の小説にもあてはまる。

「第七官界彷徨」をはじめとして、「歩行」(『家庭』一九三二・九)「こほろぎ嬢」(『火の鳥』一九三二・七)「地下室アントンの一夜」(『新科学的文藝』三二・八)等が発表された一九三一年から翌年にかけては、女性作家・尾崎翠にとって最良の季節であり、そして最後の輝きのときであった。松下文子が結婚し北海道に去ってから、翠は心の支えを失ったこともあってか、頭痛に悩み、鎮痛剤のミグレニンを常用するようになり、徐々に精神の安定を失っていく。そして、兄によって故郷・鳥取へと連れ戻されてからは、文学者としての彼女の姿は人々の前から消えることになった。「地下室アントンの一夜」発表後まもなくのことで、このとき翠は三十六歳であった。

鳥取に去ってからの彼女の消息が東京の文学者仲間に届くことはなかった。林芙美子がそうであったように、彼女はもう亡くなったと思いこんだ者たちもいた。しかし彼女は、帰郷後しばらくの療養を経て健康をとりもどし、以後は、妹の遺児たちを育てるなど家族のために生きた。その間には、鳥取大地震、そしてあの戦争の日々があった。彼女の作家としての名が再び浮上するのは、一九六九（昭和四十四）年、「第七官界彷徨」が花田清輝・平野謙の推奨で「全集・現代文学の発見」第六巻『黒いユーモア』（學藝書林）に収録されたときである。このとき翠は七十三歳になっていた。作品集刊行が決定したとの知らせを受けつつ、翠は七十五年の生涯を終えた。病床で「このまま死ぬのならむごいものだねえ」と涙を流したと伝えられている。

このような尾崎翠の後半生を「悲劇」とみなそうとする視線は、たとえば晩年の書簡に見られる彼女の闊達《かったつ》な口調、衰えぬユーモアと知的好奇心によってたやすく否定され得よう。私たちはそこに、一人の自足したたくましい生活人の面影をかいま見ることもできる。

しかしあらためて考えたいのは、彼女ははたして「忘れられた作家」だったのか、ということだ。彼女の名が文壇に再び現れるきっかけとなったのは、さきにあげた花田清輝・平野謙、さらに巖谷大四といった人々が、若き日に読んで深い感銘を受けた「第七官界彷徨」を忘れかね、その作品を人々に示さずにはいられなかったからだ。作品の力こそが、彼女を私たちの前に呼び戻したのである。「第七官界彷徨」を思い、林芙美子は「いゝ作品と云ふものは一度読めば恋よりも憶ひ出が苦しい」と記した（「落合町山川記」『林芙美子全集』第十巻、文泉堂出版、一九七七）。彼女の作品はこれからも、多くの読者を魅了し続けるだろう。

＊＊＊＊＊

「第七官界彷徨」は、はじめ、『文学党員』一九三一（昭和六）年三月・四月号に全体の約七分の四が掲載され、あらためて、六月、『新興芸術研究2』に創作ノート「「第七官界彷徨」の構図その他」とともに全編が掲載された。

語り手の「私」こと小野町子は、故郷を離れ東京の家で兄二人・従兄一人と暮らしながら、人間の「第七官」に響くような詩を書きたい、と願っている。

兄たちからは「女の子」と呼ばれる彼女は、女中部屋に住み、兄たちのために「炊事係」をこなし、そして詩人になりたいと日々精神的な「彷徨」をつづけている。そこには父母の影はない。遠く故郷にいて「私」のことを心配している祖母だけが、しばしば「私」の物思いの種となるが、既成の〈家〉からは逸脱した「変な家庭」が物語の舞台である。

そこに暮らす者たちはいずれも「失恋」者たちで、恋愛に成功するのは「蘚」だけだ。失恋の「哀感」に身を包まれながら、「私」は「第七官」へと思いを馳せる。人間の「五感（五官）」に、直観的「第六感」を加え、さらにその向こう側にあると思われる「第七官」とは何なのか、しかし最後まで読者にその正体が明かされることはない。それは二つ以上の感覚が融合し交錯する不可思議な心理状態かもしれないし、仰向いて「空」をながめたのに、「井戸」の底をのぞき込んでしまうような、既成の上下感覚を円環のうちにつなぐ、身体感覚の変容かもしれない。

昭和初期のモダニズム文学、アバンギャルド文学を体現するようなこの新鮮な感覚が、平易なやさしい言葉と、それを異化するような、「分裂心理」や植物の恋愛を語る学術論文の言葉、さらに「ボヘミアンネクタイ」や「蜜柑」等のモノたちの連繫《れんけい》によって語られている。そのなかで、「私」は「屋根部屋に住」み「いつも風や煙や空気の詩」を書いていた「異国の女詩人」の面影を追う。まだ見ぬ何ものかを永遠に求め続ける永久運動、それ自体が「第七官界彷徨」であり、「私」に「詩」をもたらすものなのだろう。それはこの世の現実においては役に立たない、はかない営みである。しかしこのはかない営みにこそ、尾崎翠の文学が永遠の生命を獲得し、そして現代の読者を魅了してやまない何ものかが秘められているのである。

創作ノート「「第七官界彷徨」の構図その他」に示された尾崎翠の創作作法の一端は、映画の絵コンテ制作を思わせるものであり、興味深い。加えて、もともとは「円形」を描こうとしたというその構想は、「第七官界彷徨」から

「地下室アントンの一夜」にいたる彼女の文学世界そのものの構造を明かしているようでもある。

今もなお、尾崎翠は、そして「私」や「こほろぎ嬢」は、どこか高みを漂う何かを求めて、永遠の遊歩をつづけているに違いない。

（平成二十一年四月、お茶の水女子大学教授）

本書は、ちくま文庫『尾崎翠集成（上）』（筑摩書房、二〇〇二年十月刊）を底本とし、ルビを適宜付した。本文中、今日では差別表現につながりかねない表現があるが、作品が書かれた時代背景と作品の価値をかんがみ、底本のままとした。

第七官界彷徨《だいななかんかいほうこう》

二〇〇九年 七 月二〇日 初版発行
二〇二一年一〇月三〇日 13刷発行

著 者 尾《お》崎《さき》翠《みどり》
発行者 小野寺優
発行所 株式会社河出書房新社
〒一五一－〇〇五一
東京都渋谷区千駄ヶ谷二－三二－二
電話〇三－三四〇四－八六一一（編集）
〇三－三四〇四－一二〇一（営業）
https://www.kawade.co.jp/

ロゴ・表紙デザイン 粟津潔
本文フォーマット 佐々木暁
印刷・製本 中央精版印刷株式会社

落丁本・乱丁本はおとりかえいたします。
Printed in Japan ISBN978-4-309-40971-9